开普勒62号

两个世界

[芬兰]提莫·帕维拉 著
[芬兰]帕西·皮特卡能 绘
冷聿涵 译

GUANGXI NORMAL UNIVERSITY PRESS
广西师范大学出版社
·桂林·

LIANGGE SHIJIE
两个世界

出版统筹：汤文辉　　　　　　　　责任编辑：戚　浩
品牌总监：李茂军　　　　　　　　助理编辑：纪平平
选题策划：李茂军　戚　浩　　　　美术编辑：刘淑媛
版权联络：郭晓晨　张立飞　　　　营销编辑：李倩雯　赵　迪
责任技编：郭　鹏

图书在版编目（CIP）数据

两个世界 /（芬）提莫·帕维拉著；（芬）帕西·皮特卡能绘；冷聿涵译. —桂林：广西师范大学出版社，2023.5
（开普勒 62 号）
ISBN 978-7-5598-5890-0

Ⅰ. ①两… Ⅱ. ①提… ②帕… ③冷… Ⅲ. ①儿童小说－幻想小说－芬兰－现代 Ⅳ. ①I531.84

中国国家版本馆 CIP 数据核字（2023）第 044860 号

广西师范大学出版社出版发行
（广西桂林市五里店路 9 号　邮政编码：541004
网址：http://www.bbtpress.com）
出版人：黄轩庄
全国新华书店经销
北京尚唐印刷包装有限公司印刷
（北京市顺义区马坡镇聚源中路 10 号院 1 号楼 1 层　邮政编码：101399）
开本：880 mm × 1 240 mm　1/32
印张：8　　　　字数：130 千
2023 年 5 月第 1 版　　　2023 年 5 月第 1 次印刷
定价：58.00 元

开普勒62号

两个世界

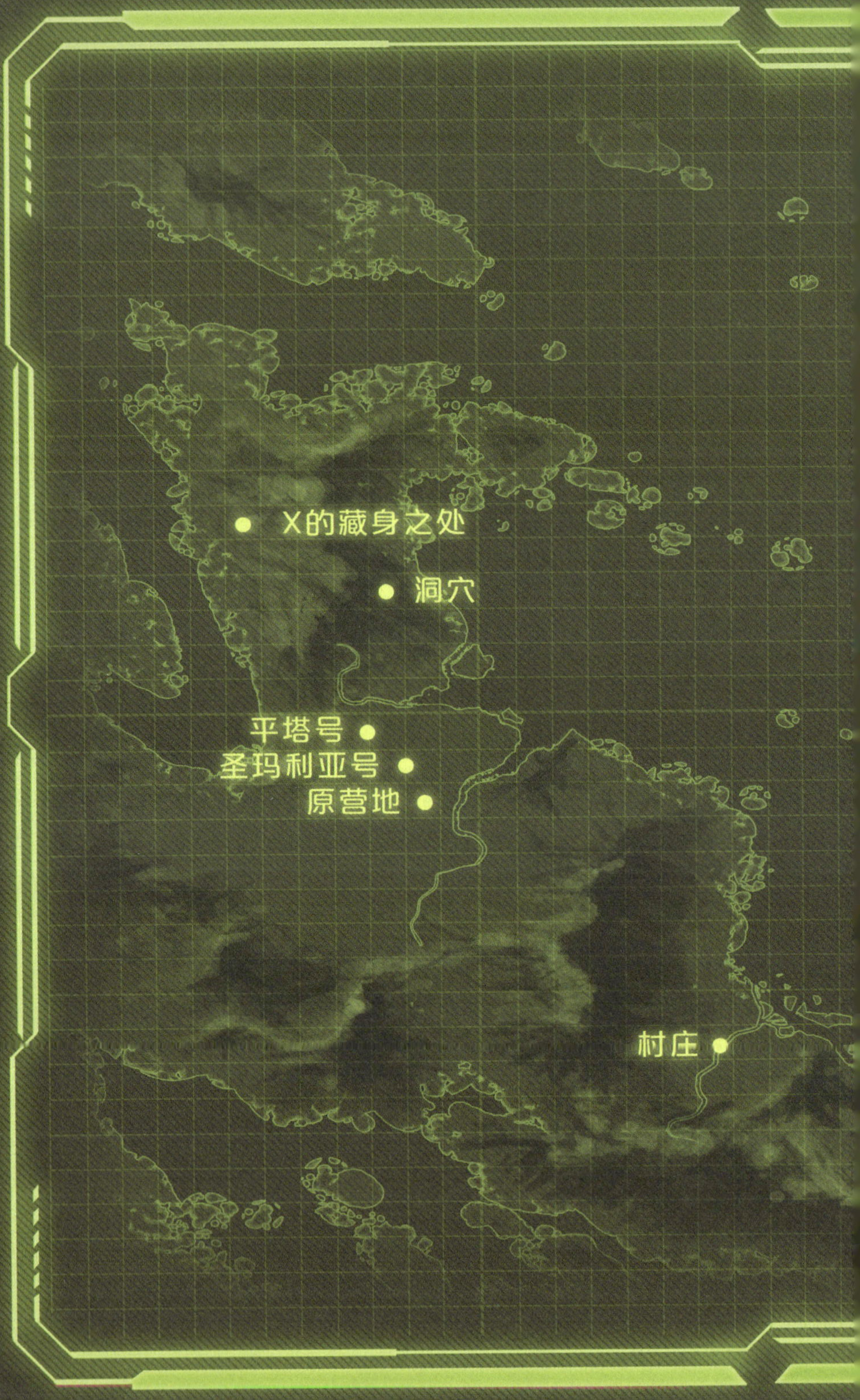
X的藏身之处
洞穴
平塔号
圣玛利亚号
原营地
村庄

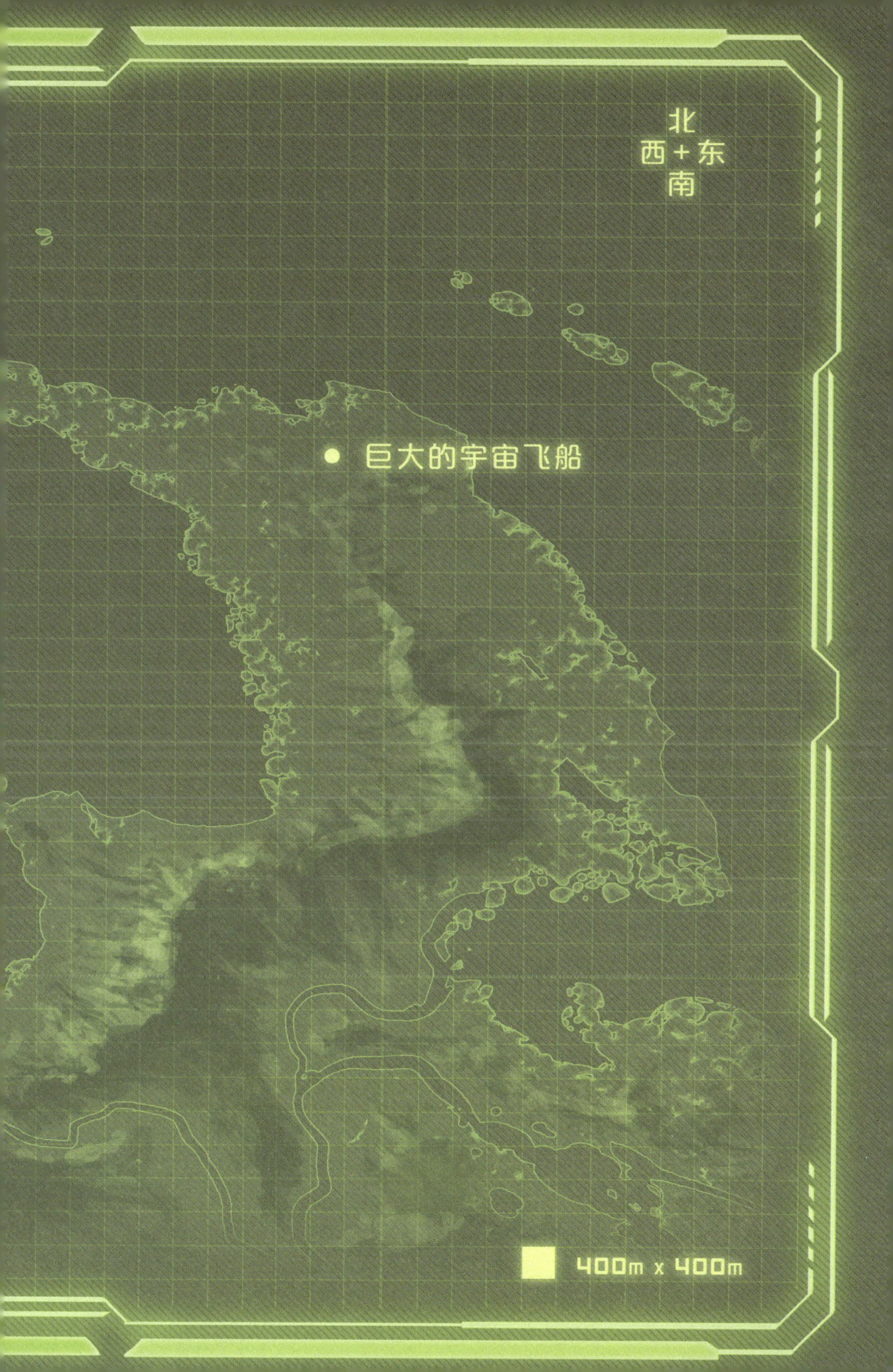
北
西
东
南
巨大的宇宙飞船
400m x 400m

目录

第一章

“兔子”活泼地歪了歪头，甩了一下耳朵，如果它们可以叫作耳朵的话，甚至如果这真的是一只兔子的话。阳光给它的皮毛染上了一层金色，余晖下，它看起来像整个宇宙中最可爱的生物。但事实上，它却是能够摧毁乔尼他们这一队人马的可怕野兽。

“愿低语者保佑你！”乔尼对走到他身边的丽萨说道。

丽萨像没有听见乔尼的话，至少她并没有对乔尼的祝福做出回应。

“生命的所有秘密当中，最大的便是希望？”丽萨突然问道。

“低语者是这么说的，说了一遍又一遍，像人处在糟糕境地时不停祈祷一样。”

“你相信它吗？”丽萨看着乔尼，像在探究什么似的。

“我相信，阿里需要这种希望。”乔尼用肯定的语气答道。

“但是你真的相信还会有任何希望存在吗？”丽萨继续追问。

乔尼不安地把全身的重量转移到另一条腿上，没有立即回话，只是不停地搓动双手。一眨眼，眼前这只毛茸茸的生物像一束闪电一样窜回了洞中，但是马上旁边的洞里就蹿出

另一只同样的生物……这情景像当初地球上流行的打地鼠游戏。乔尼无奈地叹了口气，低头打量这一地狼藉。

这已经是第三次了。菜地又被毁掉了，几乎什么都没有剩下。靠着从地球带来的种子，他们种出的胡萝卜被这些兔子怪兽吃了，卷心菜的叶子也被它们撕成一片片的。这里还长着一种样子奇怪、味道发苦的豆荚，以及一种红黄相间并

向外渗出黏液的植物，也都没有保住。就像刚遭过龙卷风的洗劫一样，这里只留下一地狼藉。非要对此有所评价的话，就是这一次的毁坏要比之前的那两次更加彻底。

“我相信。我想要让自己相信，我们还有希望，虽然并不知道有多少。”乔尼说完便把手中的一个胡萝卜碎块扔到了地上。犹豫片刻后，他又把碎块捡起来塞进了嘴里。一旁的丽萨目不转睛地盯着那个橙色小碎块消失在乔尼的嘴里，一言不发。乔尼突然意识到了一丝不妙，他本应该先把吃的给丽萨，但他实在是太饿了……“对不起，在这个地方，我简直快要忘记讲什么礼貌了。不过我们一定能渡过这个难关。我们应该还剩下一些种子吧？”乔尼盯着丽萨，紧张地问道。

这次轮到丽萨感到紧张了。她很清楚还剩下多少种子。其实，从地球带来的种子已经所剩无几了。而在开普勒 62e 星球上寻找新食物，还要试验它们是否适合人类食用，这一过程会耗费大量的时间。

“斯温特莱纳说只剩下两批种子了。”丽萨的声音低得快要听不见了。

“两批？两批什么种子？”

“两批萝卜种子，而且我们很快就要把供给仓库里所有的储备食物吃光了。或许，难道你不觉得我们现在更应该制造武器来杀死这些‘兔子’吗？”

乔尼瞥了一眼身旁的朋友，摇了摇头。他的哥哥阿里在这件事上毫无商量的余地——绝对不允许使用武器，就算是为了打猎也不行。无奈之下，他们想到设置陷阱这个办法，但这些“兔子”比想象中的狡猾，根本不落入圈套。

“你肯定知道阿里他……”

“知道，我知道。”丽萨匆忙地打断他，“我只是觉得在这件事上他也许错了，他没有把事情考虑周全。”

乔尼又看了一眼丽萨，丽萨沉默了。空气中弥漫着炎热的气息，太阳（大家还维持着地球上的习惯称呼，把这里的恒星叫作太阳）挂在天空上，像一个火球，在散发光热，不过，很快它就要下山了。开普勒62e星球上的天气变幻莫测，复杂的天气和四季变化给大家的生存和生活带来了意想不到的挑战。短暂的生长季过后，紧接着就是严寒和风暴，还有这些毁坏者，到时应该不会给他们剩下一丁点儿能吃的东西。

他们习惯把这些怪兽叫作强盗兔。当然，它们其实和地球上的兔子差别挺大的，只有头上那对长耳朵比较相似。起初，他们把捡到的三只强盗兔带回营地当宠物饲养。在他们眼里，这些眨着大眼睛的强盗兔是世界上最可爱、最温顺的

生物。后来，它们逐渐长出健壮的四肢，前脚掌也开始变得像铁锹般坚硬。借助身体优势，它们能够瞬间在地上挖洞逃走。生下幼崽后，它们重新回到营地外，四处挖洞安家。它们平时就生活在地下洞穴和隧道中，只有到了夜里，它们才从洞里出来找吃的。

但是现在在白天也能见到这些强盗兔了，可见它们繁殖得很快，数量十分庞大。这种生物的身上似乎结合了田鼠和兔子的习性中有助于生存的部分，因此生命力格外强大。另外，它们背上的皮毛坚硬如盔甲，这种保护也让它们更加肆无忌惮。

营地里早就禁止饲养强盗兔了，但是错误已经发生，糟糕的后果也已经无法避免。它们已经由原本的三只繁衍成上千只，俨然一支军队。它们平常就生活在营地周围，威胁着大家的生命。

“两批种子？”乔尼先是像确认般自言自语，之后又摇了摇头，“还有……？”

丽萨没有回答他。

所有的秘密当中，最大的便是希望，乔尼的哥哥阿里是这样说的。阿里一定是从玛丽那里听来的这句话，他深陷于对玛丽的情感，完全爱上了她。乔尼多么希望，不管是阿里还是玛丽，他们中的任何一位“希望使者”此时此刻就在营地里。新的冬天随时可能到来，营地内的居民纷争一触即发。但是，偏偏阿里和玛丽此时都不在营地里，乔尼觉得自己无比渺小，渺小到无法承担如此巨大的责任。他从来都不是什么英雄。

太阳飞快地降落到地平线以下，从视野中消失了。空中飞扬的尘土染上了一层温暖的颜色，仿佛弥漫着的微微发光的薄雾，让乔尼更加心绪不宁。乔尼觉得，眼前像有一群仙子在跳舞庆祝黑暗的来临。这实在太奇怪了，恐怖和美丽竟然能如此和谐地共存于同一幅画面里。乔尼希望，未来的某一天，他能够再次因为生活中的一切感到开心，不再感到任何意外和担忧，能够因为一些小事笑出声来，讲老套的笑话，和好朋友勾肩搭背。他真心想念这一切。

乔尼从地上捡起一块石头，用手掂了一下重量，和地洞中探出头来的一只强盗兔对视了一眼。想起哥哥的话，他最终还是垂下了手臂，任凭手中的石头滑落在凌乱不堪的菜地上。

第二章

沐浴着余晖，乔尼一家坐在房子的外墙边沿上。开普勒 62e 星球上的傍晚神秘莫测，因此，夜晚来临前的这段时间总是能给乔尼带来很大的触动。此时，天空中的景象与地球上傍晚的景象几乎一模一样。随着太阳下山，天空变得五

彩斑斓，宛如性格乖僻的画家打翻了调色盘。这一定与大气层有关系，它导致每次太阳下山后的景象都是如此绚烂多彩，别具一格。乔尼对此从来不会厌倦，且从来没有错过这美丽的时光。此时，他的嘴角挂着一抹满意的微笑。他瞥了一眼哥哥阿里和妈妈，妈妈倚着墙坐在兄弟俩中间，半闭着眼睛。

“怎么样，好看吧？”乔尼一脸享受地问道。

“确实很漂亮，谢谢你。”妈妈点头说道。

“你根本不需要谢我。”乔尼有些尴尬地笑了一下。

“谢谢你。”阿里漫不经心地动了动嘴巴。

乔尼看着坐在身边的妈妈，夕阳下的她在乔尼的眼中有一种惊人的美丽。披散的头发中夹杂着几根耀眼的灰发，宇航服的拉链半拉着，她完美得就像……乔尼本不愿这么想，但是“完美得就像一个洋娃娃”这个想法再次跑进他的脑海。

“你们听见了吗？它又开始了。”乔尼小声地提醒道，同时抬起手指向山谷底部的森林边缘。那里传来一阵啸声，就像用笛子吹奏的一样，悠扬的声音随微风在空中轻快地荡漾着。

“这是虫子发出来的，还是鸟？或者介于它们两者之间？”阿里充满疑惑，开口问道。

“总有一天我们会搞清楚它是什么声音。”乔尼自信地说。

“真漂亮啊，谢谢你。”妈妈礼貌地再次点头说道。

乔尼和阿里对视了一眼，然而他们都避免去仔细探究对方脸上的表情。和地球上的许多其他成年人一样，妈妈的神经系统已经被改造过了，当时在家里他们并不能确认这个事实，不过现在似乎已经板上钉钉，不需要再怀疑什么了。统治着地球的AI——天蝎，利用神经系统改造技术，给人类大脑植入芯片，成功控制了人类。同时，玛丽的爸爸，邪恶的瓦利为也在使用同样的技术筹划着自己的阴谋。玛丽的朋友埃里克和半人半饼干05成功地把乔尼、阿里以及他们的妈妈，还有玛丽家的用人阿尔弗雷德和马格达塞进了飞向开普勒62e星球的宇宙飞船。

真正的夜晚来临了，天空的绚烂颜色逐渐褪去，变成一片漆黑。妈妈回到房里睡觉了。也许对于这些被改造过的人来说，夜晚的休息已经不能称为睡觉，而是有另一种叫法。妈妈离开后，乔尼和阿里依旧坐在墙边。

“我觉得我们必须尝试一下。”阿里说。

“风险太大了。”乔尼摇头说道。

“但是之前我们成功过。在奥利维亚把芯片从他们的脑袋里取出来后，丽萨、敏俊和斯温特莱纳都恢复正常了。他们又变得和以前一样……还是你发现了什么？”阿里问道。

乔尼只是飞快地看了哥哥一眼，没有回话。他之前喜欢上了丽萨，对她有一点点儿好感。不，也许更多，只是他不想承认。不过现在这种感觉已经消失了。他也不清楚这到底是因为他自己，还是因为在他们身上发生过太多意想不到的事，抑或是因为如今的丽萨再也不是他当时喜欢的那个丽萨了。她和以前一样，还是那么漂亮、友善、有礼貌，却更加温顺了。是神经系统改造改变了她，还是她变得稳重起来了？乔尼并不知道答案，这一切都太混乱了。

“妈妈已经接受神经系统改造很多年了。”乔尼说。

“所以呢？”阿里追问道。

“她受到的影响很有可能和丽萨、敏俊和斯温特莱纳他们不同，毕竟对于后者，芯片控制他们的时间很短暂。如果把芯片从妈妈的脑袋里摘除，她可能就……”乔尼担忧地说。

他们望着夜空的星星。明亮的星星像镶嵌在黑色丝绸上的钻石，它们的光芒是如此耀眼，刺痛了乔尼和阿里的眼睛。

第三章

从菜地出发一直沿着小路走，首先见到的是山谷的西部，之后小路会和村庄的一条主路连接。来到开普勒 62e 星球后不久，乔尼他们发现，每当风暴来临的时候，营地会完全暴露在风暴之中，这给他们带来了不小的麻烦。因此，经历了一番周折后，他们终于找到了这个隐藏在山谷里的村庄，作为他们的基地。

村庄里的街道是一个大大的十字，把整个村庄分成四个区域。从半空中往下看，这个村庄像孩子们绘制的沙画，每栋房屋的轮廓都清晰可见。穿过整个村庄，通向海边的是主街道。主街道的左边是上村和下村，它们的边缘有一条小路将彼此隔开。主街道的右边是林内村和布鲁克林村。上村里分布着大大小小的仓库，用来存放宇宙飞船的重要零部件。其他的几个村里大多是一些简陋的房屋。

宇宙飞船的主体仍停在降落的位置，他们这些主力队员正是乘坐它来到开普勒 62e 星球的。这个地方不允许任何人接近。他们从这艘飞船身上获得了许多珍贵的建筑材料。奥利维亚坚决反对拆卸整艘飞船，并且在飞船的出入口处贴上了封条。因此，建筑材料不够，他们只能住在简陋的屋子里。“布鲁克林村”这个名字听起来比其他几个村名好一点儿，它来自村内某一座屋子里墙上挂着的金属硬盘，那上面就刻着“布鲁克林”这几个字。

乔尼和丽萨走在主街道上，各自满怀心事。他们随意地和街边的孩子们打着招呼。对于其中的大部分孩子，他们已经可以准确地对上号了。尤其是划分了队伍后，只剩下一半孩子在村庄里住着，他们共同组成了一个关系紧密的团体，目标一致地要在这里生存下来。

开普勒 62e 星球上的一年有 122 天，由于这个星球要比

地球大一点儿，所以一天有将近 36 个小时。而这又导致开普勒 62e 星球上的四季变换比地球上的快很多，且极不规律。短暂的冬季过后，紧接而来的很有可能是令人烦躁的酷暑。即便是已经在这儿度过了好几个开普勒年的先行者，也还没搞清天气和气候的变化规律。这使得在这里的生活更加危险和具有挑战性。

乔尼看见两个年龄相仿的女孩在街边用手指着他咯咯地笑个不停。他本想回她们一个微笑，但最终还是给了她们

一个不自然的鬼脸。乔尼还没有习惯自己第一人的身份。乔尼、阿里、玛丽等第一批来到这个星球上的 8 个人被称作“第一人”或者“先行者”。

“你有粉丝了。”丽萨打趣道。

“她们也在盯着你看。”乔尼说，“但是，随着日子一天天过去，这种目光一定会减少，直至消失。毕竟关于这个星球，我们了解得并没有比她们多。”

“这根本不重要。重要的是我们在这里代表着什么。我们是她们眼中的历史和希望，所以我们必须扮演好自己的角色。”丽萨说道，显然她认真地思考过。

“有的时候我甚至觉得自己是远古化石，好像已经活了很久，度过了许多种不同的人生。”乔尼说。

丽萨看向她的朋友乔尼，牵起他的手。随后，他们默默地握紧彼此的手。

“我已经不会算自己的年龄了。”丽萨说。

“我也一样。我不知道我们应该按照地球上的年份算，还是按开普勒 62e 星球上的年份算。”乔尼说。

“当然是开普勒 62e 星球上的了。”丽萨说。

“好吧……这样的话，我已经进入青春期了，马上就要念大学，然后组建家庭，买辆好车，比如 SUV，再养只小狗……”

乔尼瞥了丽萨一眼，没再继续说下去，并飞快地抽回自己的手。丽萨好笑地打量着自己的朋友。乔尼长高了许多，不过外貌还是和小孩子的一样。刚来到开普勒 62e 星球的时候，按照地球上的年份算，乔尼是 8 岁。现在的话，他应该是 10 岁。然而这一切又有什么关系呢？所有的人和事都发生了变化，就像乔尼曾经略带讽刺的评论：陈旧的规则在这里毫无用武之地。“那里发生了什么？”乔尼指着村庄里的十字路口说。他们以英国伦敦最繁华的商业街道为之命名，打趣地把这个地方叫作皮卡迪利路口。乔尼指着的地方正聚集着一堆人，人群的中间，斯温特莱纳生气地指着一个站在她面前的头戴兜帽的人。这个头戴兜帽的人站得笔直，一言不发地待在原地。

“太好了，你们来了。”等乔尼和丽萨走近，斯温特莱纳高兴地和他们打招呼。“把这个人押到长屋子去吧。”斯温特莱纳接着说。

没等乔尼接话，斯温特莱纳便向旁边两个高大的男孩点头示意。男孩们抓住头戴兜帽的人，一人抓着一只胳膊，把这个人带走了。丽萨和乔尼好奇地跟在后面。困难已经足够多了，他们不想再碰见任何奇怪的事了。

第四章

长屋子是整个村庄里唯一一座能容纳所有人的建筑，这里一般用来开会，大家有时还会在这里做游戏或者上课。一群孩子聚在一起，最后会创办学校，这仿佛是约定俗成，不过这也从侧面说明了学会生存本领至关重要，比如辨别什么样的植物是有毒的，什么样的动物碰见了一定要小心，如何掩埋和处理粪便，为什么不可以向河里倒入任何东西。

头戴兜帽的人是个女孩，身材高大，并不纤瘦，看起来像某种野兽。但和让人联想起美洲豹比起来，更会让人联想起柴犬或者鬣狗。奇怪的是，隐藏在兜帽底下的她让人感觉到有威胁性的同时，又给人一种隐身人的感觉，让人很容易忽视。所有在开普勒 62e 星球生活的人迄今为止还习惯身上穿着太空服，虽然实际上并不需要，因为这个星球的环境与地球的基本相似，然而乔尼他们也猜不到地球目前是怎样一副状态。

慢慢地，有些人开始改造自己的服装，把它们设计得更加有个性。这个女孩显然是其中的一员，她头上戴的引人注意的兜帽似乎是用某种包装材料制成的。当然，营地里有规定，禁止任何人在未经允许的情况下私自使用任何食物和材料，但是很难监管到位，何况这个女孩看起来一副根本不在乎任何规定的样子。

“你叫什么名字？”乔尼问道。

“X。”女孩嘟囔道。

“愿低语者保佑你。我是在问你的名字是什么，没有问字母是什么。”乔尼努力让自己的语气听起来像成人般严肃。这可不容易做到，得要很大的勇气和努力。要知道站在他面前的这个女孩实际年龄要比他大，或许和玛丽同岁。乔尼根据女孩的身高、从兜帽中露出来的下巴和鼻子，半是笃定地推测出女孩的年纪。但是，乔尼却有一种感觉：在场所有人的目光似乎都穿透了他的身体，他们察觉到，他是多么年幼和不自信。

“我已经告诉你了。”X 平静地说道。

“X？这算什么名字？”乔尼说道，一脸不可思议。

“什么也不算。”X边说边耸了耸肩膀。

“你来自地球的哪个地方？”乔尼接着问道。

“哪个地方都不是。”X回应道。

“你总有个家吧。”乔尼说。

“我不属于任何地方，所以你也可以说开普勒62e星球就是我的家。难道现在我们不都是开普勒人吗？”X反问道。

“我之前没有见过你。”乔尼回忆道。

偌大的宇宙飞船运送了200名孩子来到开普勒62e星球。在划分队伍之前，所有孩子都住在同一个营地里，很有可能乔尼没有见过所有新来的孩子。而且据说，有一小部分具有反叛精神的孩子从飞船上下来后，就跑到丛林里去了。许多人猜想，这些离开了的孩子根本无法在陌生的环境里生存下去。难道说，X属于“反叛小组”——一支乔尼从不相信真的存在的队伍？乔尼唯一确定的是，他以前一定没有见过X，因为他的记忆里根本没有这样一个戴着灰色兜帽，穿着连体衣和飞行员夹克，留着一头浅发的角色。

“不管怎样，你现在犯了盗窃罪。”斯温特莱纳用尖锐的声音说道。

X脸上的表情变得严肃，但是她一言不发。乔尼看了一眼在一旁坐着的理事会其他成员——斯温特莱纳和丽萨。现在的情况是，奇怪的女孩X被拖拽到他们几个人的面前。据说，有人在未经允许不得进入的仓库里发现了她。理事会由第一批来到开普勒62e星球的人，也就是先行者组成，他们的工作就是维持秩序和解决问题。通常需要他们解决的都是些日常小问题：物品储备、守卫值班、排轮班表……这都是些大家很容易接受和解决的事情。但是，现在摆在他们面前的事情却不同于以往，这可是庭审。乔尼觉得坐在这里特别不自在，也不够资格。他一点儿也不想承担这种责任，他也不想要任何权力。

“斯温特莱纳说，她的匕首被偷了。”乔尼补充道。

“也许，她只是不小心掉在哪里了。”X嘟囔了一句。

“斯温特莱纳很确信……”

“我可以自己回答这个问题。”斯温特莱纳打断乔尼的话语。“我一直把匕首系在腰带上，晚上睡觉的时候解下来放在床边。我一直都很小心地保管自己的所有物品，因为有的时候这会和我的个人安全画等号。”她接着强调道。

X耸了一下肩膀，扯下兜帽更严实地盖住自己的眼睛。

乔尼向那两个高大的男孩——卡斯伯和乔治点头示意。他们今天值班时在仓库里抓到了X。卡斯伯从地上捡起一根由特殊金属制成的长长的帐篷杆，帐篷杆的一头系着一把匕首。这根长矛看起来既非常危险可怕，又十分精巧，像有人精心制作出来的。

“你应该知道，我们不会容忍任何武器的存在和使用。”乔尼说完瞥了一眼同伴斯温特莱纳和丽萨。丽萨正面无表情地盯着前方。

“容忍……听起来像老奶奶才会说的词语。”X 发出了沙哑的笑声。

“好吧，是我们不想要。在开普勒 62e 星球上，武器只会给所有人带来厄运。”乔尼纠正道。

“呵，厄运。你们难道都没有猜测这里发生过什么吗？”兜帽下 X 的眼睛射出尖锐的光，像焊接时飞溅的火花。

“不只是猜测，我们比任何人都更清楚这里发生过什么。如果你还记得的话，我们可是先行者。是你无法想象我们从一开始到现在经受过多么可怕的事情。”斯温特莱纳换了个坐姿，平静地答道。

“如果你们真的清楚的话，最后却还是让玛丽把所有的武器都带走，我敢打赌你们一定会后悔得痛哭流涕。”X 的声音并不具有威胁性，更多的像在陈述事实。

“我们商量好了要分成两支队伍，玛丽的队伍离开时带上所有的武器。留在营地的我们想建设另一种未来——干净、健康的生活，没有暴力和武器。”斯温特莱纳说道。

“那你弄丢的那把匕首呢？”X嗤笑道。

“它并不是武器，而是工具。”斯温特莱纳纠正道，“在你用它制作长矛之前。”

“你为什么要做这个东西？”乔尼开口问道，他想把偏离方向的谈话引回正轨。他们必须决定，接下来要如何处理这件事情，应该给X什么样的惩罚。这并不简单，因为在目前的开普勒62e星球上并没有他们可以依据的法律存在。

“我做的也是工具。”X说。

“它可是一把长矛。”斯温特莱纳不高兴地反驳道，“这完全不是一回事。”

“呵，用石头也能杀死人呢。难道你们打算下令禁止使用石头？”X反问道。

“你用这个‘工具’来做什么？”乔尼好奇地问道。

“找吃的，用它来抓那些讨人厌的‘老鼠’。”X回答道。

“你指的是强盗兔？”斯温特莱纳立刻竖起了耳朵。

“管它是什么。”X说。

“我们尝试了各种办法去抓它们，撒渔网、挖陷阱、扔石头……然而就是抓不住。它们跑得太快了，而且特别狡猾。”乔尼忧愁地叹气，他对此知道得一清二楚，因为他几乎把自己所有的空闲时间都花费在解决强盗兔的问题上。

“我能抓到。”X肯定地说。

理事会成员彼此交换了眼神。他们心里都明白，如今事态严峻，仓库里的储备食物即将消耗殆尽。要是真有人可以把开普勒62e星球上的破坏者——强盗兔抓起来，那至少可以在两方面缓解当下的食物危机：第一，强盗兔本身就可以是食物；第二，捣蛋的强盗兔数量减少后，种地也会变得轻松起来。不过，这个烦人的问题真的会这么容易解决吗？

“你真的能？”丽萨问道。

X扯下兜帽，她的头发全都翘了起来，像燃烧着的灌木丛冒出的火舌一样张牙舞爪。颧骨凸出的脸庞上，一双眼睛宛如冬日冰封的湖面，泛出沉静的湛蓝色光芒。X的眼神像狼的眼神一样，让人有些不敢直视。

“也许做不到。”X用粗糙的嗓音回应道。

“接着说！”乔尼提高声调命令道。

“毫无疑问，我是这个星球上最会打猎的人，运气好的话，我一天能抓到一只或者两只强盗兔。所以就算你们仓库里的食物都吃光了，我也不会饿死。但是，一天两只强盗兔可没办法喂饱营地里所有的人。”

“你可以教会别人打猎吗？”乔尼问道。

“不可能。从你们这群穿着背带裤的家伙里找不出一个能干这件事的人。而且，需要手枪和弓弩。”X说。

“不行，”乔尼严肃地说道，“不准使用武器。就算没有枪，我们也一定能找到解决的办法。”

X没再说什么，也没打算等待理事会对她的判决，她弯腰捡起地上的长矛。卡斯伯和乔治不安地向前靠近了一步，然而X凶狠的眼神吓得他们连连后退。

“这个就留给你们了。并且，告诉你们吧，这群蠢货根本不可能抓住我。如果我自己不愿意，谁也不能对我进行任何判决。”X说。

“所以你现在愿意了？”乔尼不确定地问道。

“是因为这个。”

X从衣服兜里掏出某样东西，扔到理事会成员的面前。这是一个用破布和木棍仓促制成的外表丑陋的玩偶，制作它的人一定不擅长手工。但是，理事会的成员们还是一下子就认出这个玩偶代表的是谁。玩偶的头装饰有深色的杂草，象征着瓦利为的爆炸头，这种杂草在开普勒62e星球的岩石表面随处可见。最让人感到惊讶的是玩偶的颜色，从头到脚一身的深宝石红色，像刚参加完什么仪式。

“血。”X 说，“强盗兔不是你们唯一需要担心的事情，它们甚至算不上重要。”

X 深深地看了他们一眼，然后假装向他们表示尊敬，左手抵在太阳穴上，如士兵般敬礼。

“呼，联邦是我们的朋友。”

说完，她就离开了。

乔尼凝视着眼前的玩偶，仿佛看见了一个可怕的魔鬼。

第五章

乔尼的头很痛，他很想哭。他坐在床边，摩挲着手中满是刮痕的钥匙扣，上面印着联邦政府的标志。这是他仅存的关于地球的记忆。乔尼偶然从工具箱中找到这个钥匙扣，并把它偷偷保存下来。对乔尼来说，这枚钥匙扣像皇冠上的宝石一样，是整个宇宙中最珍贵的东西，虽然他并不怀念地球

们宛如刚出生的小羊羔。为了让大家在艰难的环境中生存下去，这里几乎每天都要颁布新的规定。如人们的行动必须受到限制（必须结伴而行，不许靠近森林边缘 100 米内），必须注意卫生（厕所和营地的距离要足够远，每个人上完厕所后都必须洗手），以及要有计划地使用所有物品（尤其是食物，还包括电池和鞋子）。规定，全都是规定。这样的规定和守则，在地球上很常见，通常是大人们制定的。但是，地球上的大人们难道不是总按照自己的想法行事，然后把事情搞得一团糟吗？

或许玛丽的队伍才是正确的？瓦利为他们为什么不愿意享受生活本身，而非要控制一切？如果最后一切都变得很糟糕，可能会早有预示。

乔尼把钥匙扣放在床边的抽屉柜里。他躺在硬邦邦的床上，慢慢伸直双腿，接着拽过一旁的太空被盖在身上。作为先行者，他有权利独自睡在帐篷一样的太空屋内，而其他后来者只能挤在简陋的屋子里睡觉。乔尼无比希望，阿里此刻就在他的身边——坚定、强大、寡言的哥哥，能够保护他、挽救他的生命的哥哥就在他的身边。但是，他只有一个人。是他自己让哥哥离开的。要是可以回到过去，让发生过的事情回到原样就好了。当然，他知道这是不可能的。

第六章

“我有点儿担心。”阿里说。

“别唠叨了。”乔尼有点儿不耐烦。

“但是我很担心。”阿里继续说道。

“那就别唠叨了。”乔尼还是那个态度。

“妈妈脑袋里的芯片，是谁在操纵它呢？”阿里有点儿像自言自语。

“至少不会是玛丽的爸爸。他已经被麻醉了，现在正躺在休眠舱里呢。”乔尼答道。

“要是统治地球的人工智能天蝎还能操控妈妈呢？这是不是意味着，妈妈现在是……间谍？”阿里继续说道。

“阿里，不要说了。”乔尼要求道，“如果你一直在想这件事，那你一定是疯了。而且，你想把我也变疯。”

这次，阿里默不作声了，但是乔尼知道他内心的怀疑仍在不断扩大。乔尼很难让自己相信阿里的猜测，这个想法实在太可怕了。他不相信，人工智能天蝎有本事操控已经离开地球的人。但是很有可能，妈妈脑袋里的芯片之前被植入过某种他们完全不了解的程序。

“想想妈妈，你觉得她看起来很危险吗？”乔尼说。

“不，当然不。她很亲切，但是……”

“到此为止吧。”乔尼叹着气打断哥哥阿里的话，“你打算告诉大家吗？”

“人工智能天蝎操控地球也是从毫不起眼的游戏和机器玩偶开始的，当初没有人觉得这些很危险。”阿里回想起玛丽同父异母的姐姐奥利维亚曾经讲给他们听的故事，“如果你想混进队伍里当间谍，不是伪装得越无害越好吗？”

“但是我们已经不在地球上了。我们在一个只有岩石、水和丛林的星球上。这里不会潜入任何人工智能。”乔尼努力想要说服哥哥，同时也是在说服自己。

“从武器算起，我们已经从地球上带来足够多的科技了。每一把枪、太阳能集热器，包括冰箱，都是机器，这些和地球上的一模一样。我们并不知道，这些设备彼此之间是否拥有某种联系。”阿里坚持道。

“那妈妈……”

“很有可能就是连接它们的媒介，或者说，她脑袋中的芯片在发挥作用。”阿里坚定地说道。

“这……真的很让人难以置信。你让妈妈听起来像一种高科技人狼，晚上的时候可能会变成任何东西。”乔尼说。

阿里耸了耸肩膀，对此他也没有任何答案，只是这种猜想让他始终无法平静。而一旦把这个想法说出口后，听的人也陷入迷茫中。

“孩子们，你们原来在这儿呢。”门边传来温柔的声音，“天哪，快过来看，外面的天空多么漂亮呀，太阳很快就要下山了。”

乔尼和阿里静静地跟在妈妈身后向外走，他们并不知道妈妈已经站在门后多久了。乔尼不寒而栗，他有种感觉，同样的事情他好像之前也经历过。

第七章

乔尼厌恶且小心翼翼地把恶心的玩偶抓在手里，像怕它突然会咬人似的。玩偶闻起来有一股味道，是鲜血和金属混合产生的气味。最糟糕的是，他并不是第一次见到这个玩偶。走了半天，乔尼路过了旧营地，继续向前行走了一段路后，抵达了山上的洞穴，那里停放着瓦利为的休眠舱。为休眠舱正常运转提供能源的太阳能板还放在洞穴外边。太阳能

板反射的光芒照亮了周围的天地。

暗淡的洞穴里既凉爽又干燥，让人感觉很舒适。这里可不是什么墓地，要知道玛丽的爸爸还活着呢。乔尼他们打算等到自己长大成人，足够懂事、足够强大后再来决定这个冷血可怕的男人的命运。

向前走了两步后，乔尼止住脚步。洞穴并没有想象中那么大，大概 20 米深、10 米宽，因此浅色的休眠舱在洞穴里格外显眼。让乔尼担心的事没有发生，休眠舱好好地停在原地，一切都维持着原样。沉闷的嗡嗡声昭示着这台维持人休眠时身体机能的机器在正常工作。但是，总有一种很难描述的奇怪感觉让乔尼感到不安和恐惧，像……像洞穴里充斥着邪恶的魔鬼。

乔尼强迫自己继续向前走，等他终于来到休眠舱旁边后，他感觉像走了 1 万米一样。自己沉重的呼吸声清晰可闻，双手不知怎的没了力气，像两根没有任何用处的绳子一样。

一切看起来都没有变化。乔尼再次强迫自己，要把手放在休眠舱的玻璃盖上。说实话，这种感觉很奇怪。他手下的休眠舱里躺着的这个男人先是几乎毁掉了地球，然后又打算用同样的方式占领开普勒 62e 星球。这个贪图两个星球的男人可以说是整个宇宙中最可怕的怪物。现在，这个怪物就躺在乔尼手心的下方，他平稳地呼吸着，陷入了无边无际的沉睡。乔尼感觉自己正在下坠，他一直往下掉，最后落到了一座坟墓里，里面躺着一个看不清轮廓的未知生物，像传说中

乔尼抬起头。就在这时，在显示屏微光的映照下，他看见了洞穴墙壁上刻着的画像。丑陋的画像，全都代表着同一个人：瓦利为。乔尼知道，地球上的人通常会把在洞穴墙壁上发现的古老画像称作壁画。但是，首先，这不是地球；其次，这些画像并不古老。乔尼重新看向四周，用全新的眼光审视一切。眼前的洞穴好似一个祭坛，这些壁画是为了祭奠休眠舱里这个无上荣耀的“神”。

13

第八章

乔尼一脸惊恐地跑出了洞穴，像在害怕身后会有什么东西追来。他喘着粗气不停地向前跑，慌忙中被脚下的石头绊了个踉跄，导致他几乎没看清前方的路，差一点儿撞到倚在巨石旁的女孩身上。

乔尼吓了一跳，急忙刹住脚步，打算寻找新的逃跑路线，可就在这时，他认出了这个戴着灰色兜帽的女孩。

“是你！”乔尼说。

X 反复打量着乔尼，没有答话，嘴角露出一丝幸灾乐祸的笑容。乔尼没能从 X 的脸上读出更多的表情，回过神的他为自己刚才毫无目的的逃窜感到羞愧。

“愿低语者保佑你。”乔尼正式和女孩打招呼。

“希望你的祝福能实现吧。”X 说。

“你是从什么时候开始知道这一切的？”乔尼试图让自己的声音听起来具有权威性，至少符合自己先行者的身份。

但是，话一说出口，颤抖的声音传递出来的只是一个小男孩的惊慌失措。

“冷静一下，那里没有人。”X 嘲笑道。

“我当然知道。”乔尼说。

“现在。我是说，现在，那里没有人。”X 强调道。

“这是什么意思？”乔尼问。

X 回给乔尼一个讥讽的笑容。就在这时，乔尼的呼吸终于平稳下来，他开始认真打量自己的谈话对象。X 手里拿着长矛，腰带上晃荡着一只、两只、三只……一共五只没有了呼吸的强盗兔。

“你之前明明说过，一天最多只能抓两只强盗兔。”乔尼觉得自己被骗了，他生气地质问道。然而话音刚落，他就对自己的语气感到后悔。任何道德标准在这个女孩身上都不起作用。

“今天运气好。”X 解释说。

“我再也不会相信你说的话了。”乔尼赌气说道。

“那关于那个洞穴的提醒你也不相信喽？”X 问。

X 指了指洞穴的方向，乔尼刚刚从那里仓皇地逃出来。乔尼无奈地叹了口气，假装坚强已经没有任何用处，事实上他只是一个被吓到的小孩。

“你知道墙上的那些画是谁画的吗？”乔尼问。

X 摇摇头。

“是玛丽，还是奥利维亚？”乔尼再次问道。

乔尼实在想不出除了她们还会有谁有纪念瓦利为的冲动。瓦利为虽然是可怕的怪物，但也是她们的父亲……

X 耸了耸肩膀，漫不经心地笑了一下。

“那个愚蠢的带血玩偶是从哪儿来的？”乔尼接着问道。

X 再次耸了耸肩膀。

“你是不知道，还是不在乎？”乔尼追问道。

X 低下了头。乔尼不知道这是什么意思。这个女孩是在认真思考他的问题，还是对这个话题丝毫不感兴趣？乔尼的哥哥阿里从来都不是话痨，但是和这个女孩相比，阿里算得上多话了。

突然，X 抬起了头。她的一双蓝色眼睛里露出炫目的光芒。

“我之前已经提醒过你们了，我要是你的话，绝对不会把这不当回事儿。不过，现在我并不想掺和到你们的麻烦当中。我不想参与到你们任何人的生活当中去，更不想我自己的生活受到任何影响。”X 说。

“掺和、影响……这是什么意思？”意料之中，乔尼没有得到答案，回应他的只有一张面无表情的脸。

“在这里，没有人能够置身事外，我们彼此相互依靠。你不能就这么简单地决定一切，事情不是你说了算，它……”

突然，X 袭击了乔尼，一下子把他推倒在巨石的后面。乔尼的脑袋砸向地上的沙子，只差几厘米就磕到眼前的石头上，他的头盖骨差一点儿就要被撞得粉碎。乔尼挣扎着想要摆脱 X 的控制，但是 X 加大力气把他按在地上。

“放开我，你……”

“闭嘴！”X 在乔尼耳边说道。X 的语气让乔尼隐约明白了当下的状况，他立刻闭口不言。他在等，也在思考现在能够做什么来摆脱这个局面。如果 X 决定要取乔尼性命的话，那么不管他怎么反抗，对 X 来说都是一件易如反掌的事情。

突然，空中传来奇怪的声音，低沉的哀鸣声、咆哮声，还有嗖嗖声混杂成一片。好像有某种生物在他们附近走动。乔尼敏锐地感觉到 X 的身体立刻紧绷了起来，同时，他隐约听见了长矛细微的锒铛声。紧接着，巨石的另一边传来一阵暗哑、悠长的咕哝声。之后，所有的声音都消失了，压在乔尼身上的重量也骤然减轻。

“你现在可以看了。”X 轻声说道，指向巨石的另一侧。

乔尼向 X 指的方向爬了几步，小心翼翼地看向巨石的另一侧。首先，映入眼帘的是地上巨大的爪印。接着，他看见石头上的深色尿迹，同时闻到了一股酸涩的味道。此外，他还嗅到了一种危险、凶悍的气息。最后，他终于见到了那些可怕的生物：三只长着四只脚和细尖长耳的生物正背对着他们向着远处走去，看起来像狗。它们的体形比狼的要大，也许是某种猫科动物。一只已经成年，另外两只体形上要瘦小许多，明显是幼崽。最引人注目的是它们长长的背部和屁股后面那根不停挥舞的尾巴，这使得它们又和狮子很相似。

乔尼疑惑地看向 X。不出意料，X 又耸了耸肩膀。

“我管它们叫作影狮。”X 说。

乔尼瞅了一眼前方距离他们一百多米远的生物。在这种复杂的地形上，它们的行动速度出奇的快。

“我觉得它们更像狼。”乔尼说。

“你觉得它们像什么都行。”X 回应道。

“让我猜一猜，它们叫什么对你来说根本不重要，你不想掺和进去。”乔尼接着说。

“答对了。”X 说道。

“为什么我之前没有见过它们？”乔尼问。

“因为它们基本上只在晚上行动。它们的眼睛当中长着某种物质，能够使它们的眼睛在黑暗里像 LED 一样明亮，超级酷。”X 兴奋地说道。

乔尼非常惊讶，X 看起来对这种动物尤其感兴趣，这可不像她平常的作风。乔尼决定不打断她的讲述。

“我不明白它们为什么在白天出现。或许，有人把它们赶出来了。毕竟，我对它们的了解还是不够多。”X 思考着说道。

“所以你一直在监视着它们？”乔尼问。

X 严肃地点点头。她把一只死强盗兔从腰带上解下来，放在石头上的尿迹的下方。

“我想要驯服它们。先用吃的喂养它们，等到它们熟悉我后，再抢一只过来。如果能实现的话，该有多美好啊。”X 说道。

只是听见 X 的想法，乔尼就不禁打了个冷战。不过，这也引起了他心里强烈的仰慕之情。

第九章

自从有了那个想法后，阿里就一直心神不宁。妈妈的身上出现了让人怀疑的问题。虽然许多时候，在乔尼看来，妈妈的一举一动都和正常人的一样，可阿里依旧觉得不对劲。

“她在伪装。”阿里解释道。

“我不相信她还会演戏。”乔尼怀疑地说道。

“你不相信是因为你自己不会。”阿里说。

“随便吧，总之我不相信你说的。”乔尼说道。

乔尼摇了摇脑袋，像要把一堆糟糕的想法和沉闷的气氛一起赶跑。现在，一切都很好。他们成功地来到一个新的星球，拥有了开始全新生活的希望。而且，妈妈也回到了他们的身边。可是，哥哥却每分每秒都在怀疑身边的人，搞得他也烦躁起来。难道他就不能拥有幸福吗?

“我不相信，这一切都结束了，如此简单地结束了。我们只是像拉屎一样，把过去抛在身后，留在地球上，然后在这里重新开始。但是，真的这么容易吗？”阿里忧心忡忡地说道。

“事实就是这样。你和我，有令人难以置信的好运气，就像买彩票连续中了几百万次一等奖一样。这根本不简单，你难道不记得有很多次我们都差点儿死了吗？你还记得阿尔伯特身上发生的事吗？”乔尼说。

阿里点点头，但他看上去仍没有放下心来。

有一天，乔尼碰见阿里在外面激动地走来走去。

“我找到了！”阿里兴奋地说。

“冷静点儿，你找到了什么？”乔尼问。

“证据。”阿里说。

“别走了，快说。”乔尼说道。

阿里用通红明亮的双眼热切地看着弟弟。有一瞬间，乔尼以为阿里也被病毒感染了，感染的病毒和他之前感染的一样。但是，这当然是不可能的。那种病毒已经和从地球上带过来的其他坏东西一样，被彻底消灭了。

“你看这个。”

阿里张开手掌，他的手心里有一个由几根木棍和树枝绑成的粗糙的玩偶。玩偶的头发张牙舞爪的，看起来十分滑稽。

“你打算建一个玩偶之家吗？好吧，男孩子确实也可以玩玩偶，这没什么可羞耻的。”乔尼想了想说道。但是，阿里脸上惊慌的表情并没有缓解半分。

“你难道没看出来这个玩偶代表谁吗？”阿里问。

乔尼仔细地打量玩偶，它给人一种莫名的熟悉感，不过……不，他还是不知道哥哥为什么这么激动。

“这是瓦利为，玛丽的爸爸。”阿里说。

乔尼重新看了看玩偶。也许阿里说的是对的，但是这又有什么关系呢。显然是有人在拿这个开玩笑。瓦利为毫无疑问是开普勒 62e 星球上的所有怪物当中最让人害怕的，至少在他们碰见过的所有怪物当中他是最危险的。但出现与他相似的玩偶这件事，并没有那么可怕。毕竟，小孩子都喜欢玩具——他自己小的时候也喜欢各种丑玩偶和怪物模型——如果很久不玩玩具，他们会想的；如果没有玩具的话，他们就自己动手做。

“所以呢？是瓦利为又怎样？我还是不明白你为什么这么激动。”乔尼说。

“我从妈妈那里找到了这个玩偶，和她的个人物品放在一起。”阿里轻声说道。

第十章

“嘶嘶兽呢？它们现在在哪儿？”20名小学生盯着乔尼，等待着他口中的答案。

“我也不知道。我们控制住瓦利为后，它们就消失不见了。嘶嘶兽算是瓦利为的仆从。我猜，它们应该重新回到了森林里，在某处过着安静平和的生活，就像深山里的大猩猩一样。”乔尼说。

学生们深深地叹了一口气，他们感到很失望。

“不过，它们依旧很危险。愚蠢又强大，这可是世界上最糟糕的组合了。”乔尼努力想挽救已经变得越来越无聊的讲述。

今天轮到乔尼给开普勒学校的学生们上历史课，他们需要知道，先行者队伍是如何来到开普勒62e星球和战胜坏人的。这项任务让乔尼十分头疼，他只比眼前的听众们年长一点点，却已经成了历史的一部分。更糟糕的是，他甚至被当成了传奇人物。

"据说，你和一群天使从天而降拯救了大家。所以，你也是天使吗？"一个脸颊红红的女孩歪着头问道。

乔尼的脸霎时间涨红起来。

"啊——它们是飞飞侠，不是天使。它们长得有点儿像蝙蝠。我猜，它们应该是听从低语者的命令负责保护我。飞飞侠非常神秘，我们了解得还不够多。"乔尼说。

"你能请飞飞侠再来帮助我们吗？它们肯定能把那些讨厌的强盗兔赶走。"刚才那个女孩追问道。

"这行不通。我再次回到洞穴里时，它们像真正的蝙蝠一样倒挂在洞顶，根本没有任何反应。就像我之前说的，它们应该只听低语者的吩咐。低语者才有权力命令它们帮助我们。"乔尼说。

"低语者！"听众中传来一声惊叹，大家明显变得更感兴趣了，"快给我们讲讲低语者吧！"

乔尼低头叹了口气，他已经讲了上千遍了，但是学生们总是不厌烦地一次又一次请求他重新讲。

"低语者长得像地球上的巨型蚱蜢，我们也可以叫它们超级蚱蜢，它们是非常非常聪明的生物。显然，它们才是这个星球的实际统治者，但是它们不想用自己的力量和权力对付任何人。大多数时间，它们只在自己的地盘生活，只有在

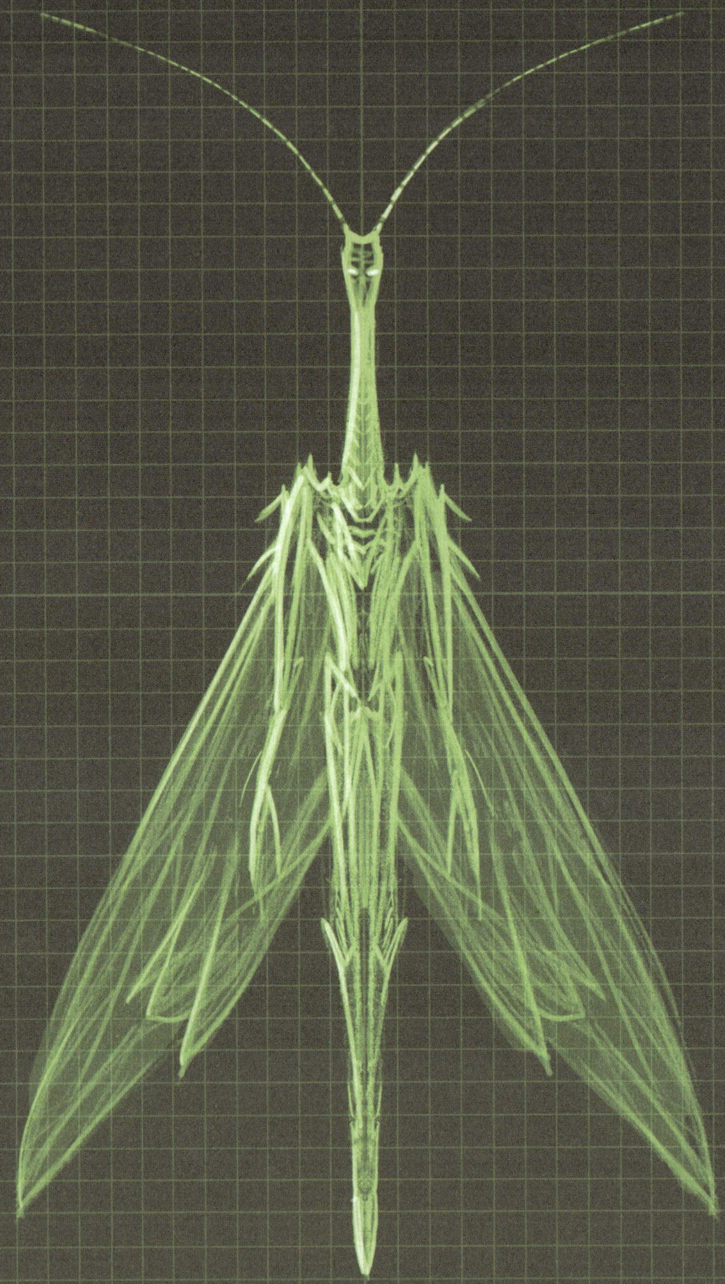

自己愿意的时候才会出现在大家面前。谁也不知道它们的家乡在哪里。另外，它们能够在自己周围形成一个非常坚固的能量场，任何生物都无法越界半步。”

“除了我和病毒。”乔尼自己脑补了一句，并没有说出口。

“它们是神吗？”提问者是一个身形纤瘦、精神奕奕的男孩。

乔尼并不知道答案。低语者可以入侵人们的意识，可以控制其他有思想的生物，也许它们还能掌控天气。不过，它们同时非常脆弱和容易受伤害。所有的先行者中，只有玛丽可以和这些神秘的生物直接交流。如今，玛丽离开了，再也没有人告诉他们低语者在哪里，它们打算做什么。当然，乔尼确信，低语者绝对不可能在策划坏事。但他希望，自己能亲口向它们询问关于玩偶的事情。他想把自己内心的担忧讲给守护他们的“人”听，他十分信任比自己强大许多的低语者。

“它们是神明。它们和你们以前在地球上听说过的都不一样。要知道，它们拥有的力量强大到超出人们的理解范畴。所以，我们才会彼此祝愿‘愿低语者保佑你’。”乔尼说。

“愿低语者保佑你！”学生们顺从地回应道。

乔尼的回答印在了学生们的脑海里。他清楚地知道，他们需要信仰和未来会更好的希望。既然这样，信仰超级蚱蜢也许是一个好的选择呢。

第十一章

玛丽和奥利维亚一脸严肃地听着乔尼向她们解释整件事情。乔尼停下来的时候，她俩对视了一眼，像在彼此确认自己刚才没有听错。

“玛丽，你喜欢阿里，阿里也喜欢你，所以你可以试着让阿里恢复理智吗？妈妈有时候可能表现得有点儿神志不清，但是她肯定没有问题。你告诉阿里吧，妈妈不是间谍，不需要在她的脑袋上挖洞。”乔尼恳求道。

玛丽皱起额头，乔尼有一种不好的预感。

“你哥哥不会听我的话的，再也不会了。”玛丽谨慎地说道。

“为什么？你……你们……”乔尼没能找到合适的词语。他不知道阿里和玛丽的关系到了什么地步。在飞船载着包括玛丽曾经倾心的对象埃里克在内的新一批孩子降落到开普勒62e星球上之后，所有事情都变得混乱起来了。

“乔尼，和与你同龄的孩子比起来，你要聪明得多。在你妈妈的事情上，我和你的观点一致。芯片在你妈妈的脑袋里太久了，与把它取出来相比，让它待在那里的风险要小很多。我也不相信芯片还能正常运作，或者有人可以借芯片操控你的妈妈。”奥利维亚像个大姐姐一样，把手搭在乔尼的肩膀上安抚他。

“没错，那你也这么告诉阿里吧。”乔尼摆脱了搭在他肩膀上的手，和奥利维亚说道，“我担心他不久后就要行动了。”

“他要做什么？”玛丽问道。

“唔，他……你们看这个！”乔尼拿出阿里从妈妈的个人物品中找到的玩偶，“阿里说，这是从妈妈那儿找到的，但是我猜这一定是他自己做的，用来证明自己的想法。他说，妈妈已经不正常了，现在是个机器人。”

玛丽和奥利维亚同时弯腰检查这个十分粗糙的玩偶。

“这有点儿像爸爸。”玛丽犹疑地说道。

“但是也有可能是别人。”奥利维亚接着说，并把玩偶还给了乔尼。

“乔尼，我觉得，除了你们的妈妈外，阿里正被其他事情困扰着。”玛丽出奇温柔地看着乔尼，但同情和怜悯他人可不符合她一贯的性格，“他是在为即将的分离感到焦虑。”

“你们真的分开了？”乔尼瞪大了眼睛。

“不是这种分离，要比这个更严重。”奥利维亚打断道，“我们要离开营地了。”

“我们？你们？你们两个吗？”乔尼问道。

玛丽和奥利维亚再次对视了一眼。

“我们和许多其他人。食物不够营地里所有的人吃，唯一的办法就是我们分成两支队伍，我们这一队去其他地方寻找食物和住处。只有这样，所有人才都有机会活下来。”奥利维亚说。

“你们离开，我们留下。哪些人离开，哪些人留下，又是谁决定的呢？你们已经私下讨论过这件事情了，对吗？”乔尼问。

奥利维亚点点头。

“我们这些年纪稍大的先行者们已经商量过了，我们不想给你和其他更小的孩子增添负担。此外，你的病刚刚痊愈，你还需要更多的休息。你、阿里、斯温特莱纳和丽萨留下来领导营地的这支队伍，而我们其他人去其他地方寻找住处。”奥利维亚说。

“阿里！”乔尼哭了出来，“他也知道这件事吗？为什么他不告诉我？”

“他当然不想让你担心。”玛丽答道。

“但是你们两个人离开，阿里难道不想和你们一起走吗？”乔尼问道。

玛丽露出为难的神色，奥利维亚也看向别处。乔尼不需要她们回答了。他心里很明白，阿里留在营地是因为他。阿里不想抛下他，让他一个人留在这里。

“我们可以一起走吗？”乔尼问道。

“这样做风险太大了。留在这里的队伍生存的机会更大。我们会把大部分的储备食物留给你们。”奥利维亚说道。

“但是我们会把所有的武器都带走。”玛丽接着说道。

“然后，毁掉那些我们无法驾驭的武器。这是阿里的要求。”奥利维亚摇头说道。竟然有人自愿放弃武器带来的安全感，她难以理解。

“这个决定再也无法更改了，对吗？你们已经下定决心了？”乔尼问道。

玛丽和奥利维亚点点头。乔尼转身背对着她们，再也无法抑制眼中的泪水，他不停地抽泣着。

第十二章

X 一动不动地倚靠在岩石上。周围一直传来“哔——哔——哔——”的声响，像火警报警器出了故障，很有可能是某种昆虫的叫声。当然，开普勒 62e 星球上也有和鸟类相似的动物，这些动物发出什么声音都不奇怪。X 闭上眼睛，几秒后又立即睁开。她已经有半天不吃也不喝了，连厕所也没有去，就在这里守着三只作为诱饵的死强盗兔。它们完全没有起到作用，而饥饿感在 X 的胃里不停地咆哮，她几乎要忍不住拿它们来饱餐一顿。但是，饥饿感和巨大的失望相比根本不值一提，后者就要摧毁她的精神了。她牺牲了许多时间，忍受了无数麻烦，只是希望能接近那些迷人又危险的影狮，结果却没有成功。它们好像能够感知她的存在。X 一直把食物留在同一个地方，可是只有她不在旁边监视的时候，它们才会过来享用。

X 抱怨了几句，起身伸展了一下僵硬的双腿。夜晚已经过去了大半，现在是凌晨。很快，太阳这个大火球，就要从山后升起，给开普勒 62e 星球上冰冷的大地带来温暖。她不自觉地打了个冷战，虽然穿着高科技连体衣，似乎也能感到寒冷在皮肤上游走。X 径直走向死强盗兔，从中挑了一只最肥的，把剩下的两只留给影狮，或者其他更早发现它们的生物，先到先得。

一只手拎着强盗兔，另一只手握着长矛，X 拖着疲惫的步伐，沿着小路下山，返回山谷中自己的住处。事实上，X 的家是一个藏在繁密荆棘后面的山洞，除非走近，在远处很难分辨出来。

“哔——哔——”声依旧在空中回荡，这不是鸟叫声。离声音越来越近时，X 还能分辨出其中含有焦急的情绪。此外，X 还听见了隐隐约约的低沉的呻吟声。

附近只有岩石和平地，不像有能够传出这种声音的地方。但是，X 十分确定，声音的来源就在周围。她抬头看了一眼太阳，接着掂了一下手中的强盗兔。炙热的阳光很快就会把她的大餐变成一堆腐烂变质的肉。她还饿着肚子呢，饥饿的胃肠似乎在向她呐喊：继续走，不管是什么，让它继续叫吧！但是，X 最终决定寻找声音的来源。

左边的小路一直延伸到山谷的边缘，右边的平原一望无际。她的后方是她之前倚着过夜的岩石。要是睁大眼睛仔细看的话，就会发现平原的另一侧是茂密的森林，但是从那里传出来的声音她不可能听见。X 决定朝着前方 50 米处的荆棘丛前进，在这毫无生气的平原上，那可能算是唯一的地标。也许，在那里会发现一只受伤的小动物。开普勒 62e 星球上有许多奇怪的生物，它们中的绝大部分还没有名字。而且，无名氏中的绝大部分都十分娇小，连塞牙缝都不够。或许，即将见面的这只要大一些。当然，换一份菜单会使这一天美好起来。强盗兔的肉硬邦邦的，吃起来没有任何味道，她早就觉得腻味了。

此刻，荆棘丛的后面似乎有个惊喜在等待着她。大地像被一刀切成了两半，一半是荒原，一半是谷地。烈日下，清凉的谷地为来客提供了躲避太阳的保护伞。X 对风景丝毫不感兴趣，她只关心隐藏在荆棘丛后面的宝物。

令人意外的是，一只影狮痛苦地侧躺在荆棘后的深坑里，它半张着嘴，喘着粗气。X 一眼就看见了深深地刺入影狮身体里的东西。一开始，她以为那是树枝，也许影狮不小心摔倒了跌进坑里，导致一根长长的树枝穿透它的腹部。但是，仔细观察过后，X 发现这根“树枝”的表面过于光滑，看起来并不像野外随处可见的东西。

X打算爬下去看看，她巡视了一圈，发现深坑的一侧有自然形成的石阶。那些石阶对人类来说过于陡峭，但是对于影狮这种野兽来说，轻轻跳跃几步就能解决问题。X并不担心会出意外，她确信影狮完全没有力气来袭击她。影狮当然已经察觉到她的存在，但是身体却没有移动半分。由此可见，它的伤势一定非常严重。

越靠近深坑底部，哔哔声听得就越清楚。这种声音听起来像口哨声，其中饱含哀伤。悲戚的叫声似乎是从影狮身后传出来的。X的内心已经有了猜想，她曾经和乔尼目睹过这声音的来源和这只影狮一起出现。上一次，他们偶然碰见的那只影狮的身后跟着两个幼崽，影狮幼崽在肚子饿或者遇到危险的时候会发出这种尖叫声。

X继续沿着石阶向下爬，侧躺着的影狮妈妈略微动了一下身体，但是无论如何都站不起来。X有一种预感，影狮妈妈快要死了。在近距离和影狮妈妈碰面后，她恍然意识到这个危在旦夕的可怕野兽仍然能够威胁到她的生命。她停在最后一级台阶上，手中紧握着的长矛向前伸着。如果影狮妈妈突然向她发起攻击，一定会先撞上长矛上锋利的匕首。身处如此危急的环境中，X觉得她手中拿着的不再是以前自己十分满意的武器，而只是一根仓促制成的较为锋利的木棍。

X 确认了自己的猜测，扎在影狮妈妈身体里的不是树枝，而是一支箭。有人瞄准了影狮妈妈。这个人是谁呢？住在村子里的孩子们可是被禁止使用任何武器的。

虽然眼前的一切让人心生恐惧，X 还是不自觉地欣赏起影狮粗犷的美来。它的前肢上有巨大锋利的爪子，像猛禽的爪子一样，它肯定轻轻一扯就能将它的猎物撕成两半。它的后爪让人联想起地球上野兽的爪子，不过要宽大许多。

突然传来一声尖叫，让 X 不禁紧紧地靠在岩石上。她手中的长矛不停地颤动。她试探着将其向前伸，想要搞清楚声音的来源。直到镇定下来，她才发现黑暗中有两双眼睛闪烁着光芒，它们的主人正蜷缩在影狮妈妈的身后注视着她。它们死死地盯着眼前这个突然出现的陌生人，眼神丝毫没有犹疑，像激光瞄准器一样。

X 先是怜悯，后是气愤。竟然有人伤害这么美丽的动物，更重要的是她本想亲自驯服它。仔细观察后，X 确定，影狮妈妈真的要死了。箭已经刺穿了它的肺部或者其他重要器官，如今死亡只是早晚的事，就看它还能够坚持多长时间。它的目光已经开始游移不定，眼中骇人的光芒正在慢慢消退。影狮幼崽时不时地用鼻子轻轻地拱妈妈的身体，或者直起上半身看向妈妈。不过，在做完这些后，它们总是很快地躲进黑暗中藏起来，再次发出悲切的哀鸣。

很明显，这些声音吸引到的不会仅仅是她。也许箭的主人目前正在追踪他的猎物，或者另一头野兽嗅到了机会——有许多新鲜的肉可以供全家享用。什么事情都有可能发生。突然，第三种猜测涌进X的脑海，如果影狮真的是一家人一起生活的话，那么影狮爸爸在哪里？X身上的汗毛立刻竖了起来，如果石阶顶端出现一只成年影狮，她该怎么办？影狮爸爸一定会把她当成害妻子受伤的凶手，更重要的是，它一定不会错过轻松地让孩子们享用食物的机会。

每一个理智的人都会在这时赶紧逃跑。每一个在乎自己生命的人都会赶紧跑到平原上，迅速逃离这个蕴藏着无数危险的地方。但是，此时的X并不是这种人。她的脑海中只有一个想法，无数想法中最危险的那个。

X把手中的死强盗兔扔给黑暗中嗞嗞作响的影狮幼崽们。接着，她举起长矛，将矛尖逼近影狮妈妈的胸膛。她准确找到了影狮妈妈心脏的位置，影狮妈妈虚弱的心跳通过长矛传递到X的手臂上。影狮妈妈像知道自己的命运一样放任X行动。或许事实并非如此，但是至少这个想法让X感到安慰。长矛矛尖已经抵在了心脏的位置，她看向影狮妈妈的眼睛。

“对不起，我会像照顾自己的兄弟姐妹一样照顾它们。”

X说道。

接着，X高高跳起，借着自己的重量将长矛刺进影狮妈妈的心脏。

第十三章

他们一整天都在锄地。每一位居民，除了年纪特别小的孩子，都在挥舞着锄头，播撒下新的种子。

“种子能来得及在冬天来临之前成熟吗？”丽萨担忧地问道。

斯温特莱纳挺直了腰背，咧嘴笑了一下。她瞥了一眼天空，太阳像煤气燃烧时发出的火焰一样照耀着大地。

“如果之前的数据可信的话，每过去 50 天，新的冬天就会来临。所以，还剩下 30 天冬天就要来了。按理说时间是足够的，因为这里的一切都生长得特别快。”她说。

“包括强盗兔。”丽萨看了一眼像奶酪一样坑坑洼洼的斜坡。两只强盗兔坐在它们的洞穴口，就像坐在赛马场的观众席上一样。

“是啊，可恶的强盗兔。”斯温特莱纳的表情变得难看起来，“新计划是我们每天轮流守着菜地，监视强盗兔的行动。

守卫们可以制造些噪声恐吓强盗兔，让它们不敢再来这里。”

“希望这有用吧。”丽萨说。

“必须有用。”斯温特莱纳肯定地说。

当天晚上，全体居民聚在一起开会。大家的表情是一致的疲惫、担忧和愤怒。乔尼更愿意成为普通居民中的一员，可以毫无顾忌地表达自己的烦恼，或者发泄对管理不善的不满。但相反，他现在成了大家开火的目标。

“我们为什么不直接从森林里收集种子呢，或者从野外找些吃的？”一个肌肉发达的男孩问道。乔尼记不清楚这个男孩到底是叫麦克还是麦卡了，只记得他来自澳大利亚。

“也许我们仍然得这样做，但这是最后的手段。”斯温特莱纳耐心地解释道，“我们对开普勒 62e 星球上的森林和其中隐藏的危险了解得还不够多。另外，测试哪些植物可以食用需要一个过程，而且这个过程很缓慢。虽然我们一直在努力做试验，但是为了搞清楚植物中是否含有毒素，我们每一次只能增加一丁点儿试吃的剂量。毕竟任何人中毒对于我们来说都是一场灾难，这会浪费我们的储备药物，以及减少可以投入到更加重要的事情上的劳动力。”

“正是由于同样的原因，我们目前并不会去打猎和使用武器。”乔尼补充道，“不用这些方法我们也会活下来的。你们今天都做得非常出色。”

“好吧。让玛丽把所有武器都带走到底是谁的主意？如果我们有一把猎枪，哪怕就一把，我们都能在瞬间消灭掉那群‘掠食狂’。”

说话的是黑头发的瑞秋。瑞秋窄窄的脸庞和连老鹰也会嫉妒的高挺的鼻子总能吸引人们的目光。

有的人不停地点头来附和瑞秋的责问，有的人则不屑地摇头。斯温特莱纳和丽萨看了乔尼一眼，乔尼不由自主地脸红了。主意和要求，都来自阿里。在看到“国王”瓦利为试图用武器做什么之后，阿里已经受够了这些东西。

“我们正在建设一个不需要武器的新世界。”斯温特莱纳的回应听起来有些郑重，乔尼感激地对她点点头。

“我们怎么知道你们没有把食物藏起来不给我们？”

说话的是一个脸上长着雀斑的红发男孩，他的一双绿色眼睛因为激动而发亮。他的发问引起了人群的不安和骚动。有些人一边窃窃私语，一边握起拳头。有些人则愤愤不平地看向发问者，对着他发出一阵阵嘘声，像被他的话语冒犯到一样。红发男孩似乎很享受他所吸引到的注意力。

“安静！你是谁？”斯温特莱纳问道。

“来自下村的金牛。”红发男孩的回答引起大家的哄笑。

“好吧，金牛。我们知道食品监管给大家造成了麻烦，但是我可以向你保证，我们先行者的份额和你们是一样的。”斯温特莱纳说。

“我们从何处得知呢？毕竟，你们住在豪华公寓里。在布鲁克林村，没有一个屋顶是不漏水的，而且到了晚上，屋子里全是咬人的小跳蚤。”身材纤细的黑皮肤女孩米兰追问道。

“而且，你们根本不是被选举出来的。我们必须组织一场公平的选举。”一个身材矮小、神情严肃的男孩说道。他的名字叫太郎，显然来自日本的某个地方。

“我们并没有住在豪华公寓里，我的房间到了晚上也满是虫子。我们住在那里是因为我们已经习惯了。我们作为先行者来到开普勒 62e 星球上，然后为了你们而战斗。相比于责怪我们，你们应该感谢我们帮助你们活了下来！”乔尼喊道，他的脸颊因为激动而变得通红。

来自下村的金牛离开原地，走到先行者面前。现场的气氛顿时变得紧张起来。乔尼看向两侧，想为自己找到可以用来防卫的东西——要是金牛决定向他发起攻击的话，他可不想徒手应对。

“尊敬的殿下，我们会保持谦卑，对您的贡献无限感恩。”金牛的声音像加了糖一样甜蜜，他同时行了一个笨拙的宫廷礼。全场爆发出如释重负的笑声，之后，还有好几个人在回家之前来到乔尼他们面前鞠躬致敬。

“记得轮班看守！每两个小时换一次班，从林内村开始！”斯温特莱纳喊道。

“愿低语者保佑你们！”乔尼也朝渐行渐远的人群喊道。

最后，只有丽萨、斯温特莱纳和乔尼坐在长屋子尽头的讲台上。

“对不起。我不是故意说那些话的，但是那个家伙太让人生气了。”乔尼低声说道。

“这和你没关系。”斯温特莱纳安慰道。

“要是村庄里发生纷争，那我们就要完蛋了。我们如果不团结在一起合作的话，是不可能在这里活下来的。”乔尼难过地说道，他看向身旁的丽萨。丽萨之前并没有过多地参与讨论，她显得极其安静和冷静。也许短暂的芯片植入还是以某种方式对她造成了影响，尽管斯温特莱纳和敏俊看起来一如往常。

第十四章

乔尼刚把头灯对准房门上的拉链锁，突然，一只手从后面捂住了他的嘴巴。紧接着，一条强壮的手臂环抱住他的身体，阻止他挣扎。被控制住的乔尼几乎无法呼吸，他的脑海中浮现出下村金牛的模样。难道这就开始了，篡位？政变？

“安静，只要你不出声，我就放开你。”声音很低，乔尼听起来却很刺耳。他立刻认出了声音的主人，身体放松了下来。同时，身后的“绑架者”也放松了对乔尼的钳制。

“再次见到你很开心。现在，轮到我反过来勒你了吗？”乔尼问道。

“你可以用一切办法，只要你能做到。”兜帽下的X一本正经地回答道，“我不希望有人知道我出现在这里，我之前已经遇到足够多的麻烦了。”

“你是什么意思？”乔尼不解地问道，“为什么和我见面会给你带来麻烦？”

“因为他们在监视你。”女孩的语气十分镇定，像在讲述明天的天气一样。

“他们？监视？在哪儿？都是谁？为……”

一只手再次捂住乔尼的嘴巴，他终于安静下来了。

“我说过，我不想掺和到你们的事情当中去。我是局外人，不属于任何一个阵营。唔，我算是这个星球上的‘瑞士’，你应该明白我的意思。”X说道。

乔尼一点儿也不明白。X说有人在监视他。他看向四周，隐约能见到村子里星星点点的光亮，那估计是村里的居民在用明火加热鸡蛋般大小的珍贵食物。除此之外，一片漆黑。在这种情况下，即使是有一群大象在20米外的地方监视着他，他也根本不会发现。

“那又怎样？我是第一人，所以很有可能被监视。”乔尼不在乎地耸了耸肩。

“好吧，那我们商量一下，我需要你的帮助。”X说道。

“等一下……你刚刚才说自己是保持中立的‘瑞士’，始终置身事外的。你之前还拒绝帮助我们抓强盗兔。为什么你会认为我愿意帮助你呢？”乔尼说道。

X歪着头看向乔尼，兜帽边缘下的双眼在黑暗中也闪闪发光。乔尼抬起他脑袋上戴着的头灯，发现X脸颊两侧有莫名的深色条纹，看起来像被……

“难道你……？”

“没有！”X粗鲁地打断乔尼的询问，一把拉下帽子遮住自己的脸，“你不需要帮我，谁都不需要帮我，我甚至都不应该问你。”

X转身离开，沿着小路向山下走去。乔尼注视着她远去的背影。X走了十几步后，令人意外地停下了脚步。

“如果，我愿意帮助你，或者你们呢？”她头也不回，很小声地问道。

“比如什么事呢？”乔尼试图表现得无动于衷，但他知道自己的声音听起来非常迫切。他将来肯定无法成为一个优秀的生意人。

“唔，抓强盗兔。”X含糊地指了指菜地的方向。

“成交。”乔尼说道。

“成交。”X重复了乔尼的话。

“你发誓。”乔尼要求道。

“以我手中的长矛起誓。”X说。

乔尼几乎可以肯定，X刚才笑了一下，或者只是兜帽投在脸上的阴影。

第十五章

整整一周，玛丽的队伍都在打包行李。他们要带走轻巧的太空织物、工具、太阳能电池板和营地里所有奥利维亚没有毁掉的武器。所有武器！营地里不可以留下任何能够伤害到人的东西。这是阿里的特殊要求。好吧，事实上只要有人想动武，牙签也可以成为一种武器。但是，阿里在这件事上毫无商量的余地。

“不如我把这支博纳萨手枪留给你们？”说着，玛丽拍了拍腰包。

阿里的嘴巴抿成了一条直线，摇头拒绝了玛丽的提议。

“要是嘶嘶兽又回来怎么办？我们甚至不知道它们在哪里。”玛丽说。

“我们会有办法的。”阿里说道。

“那好吧。”玛丽有点儿无奈，但她还是尊重阿里的意见。

“谢谢你的好意。”阿里说。

他们像看着陌生人一样看着对方，就好像很久之前他们就分别了。他们曾经一起穿越宇宙，但是现在却要以光速远离彼此。

阿里和乔尼迅速拥抱了敏俊、玛丽家的仆人马格达和阿尔弗雷德，还有半人半饼干 05 和玛丽的朋友埃里克。乔尼特地允许玛丽揉他的头发。当玛丽的双手环住阿里时，阿里整个身子僵硬得像一座雕像。

“也许我们还会再见的。”玛丽说。

“希望如此。”阿里说道。

“低语者会保护你们的，它们会保护我们所有人。”玛丽认真地说道。

阿里轻轻点了点头。

“愿低语者保佑你们。”最后，玛丽以这句话作为告别语。

大家送玛丽的队伍离开山谷。到了中午，队伍呈一条长线沿着山脊前行。逆光下，队伍中大家的五官异常清晰，即使最前方的队员距村庄已有一千米远，似乎他的眉眼也清晰可见。

然而接下来，队伍好像停在了原地，行进得非常缓慢。有时，阿里甚至感觉队伍根本没有向前移动。有一瞬间，阿里的心跳加快，他意识到自己正期盼着玛丽转身回来。或许，正因为如此，队伍才会停下，队员们正在和决定回到他身边的玛丽告别。可是，毫无征兆地，队伍开始拐弯。很快，队员们一个接一个地消失在山后，像永远不会再回来一样。

离别当天剩下的时间里，营地里充斥着一种奇怪的气氛。仿佛是有人宣布，刚刚开始的秋天永远也不会结束，今后的生活只有颓废和凋零。

然而很快，日常生活就将大家的思绪转移到了别处。人们脑海中关于玛丽和她的队员们的记忆变得更加温暖。每天晚上，大家都聚在一起讲述玛丽的故事：她如何机灵地获得门票，成为先行者的一员；如何取得低语者的信任，让这群神秘的生物帮助他们；如何反抗她的父亲，并将其打倒。甚至，就连嘶嘶兽的故事也能给大家带来乐趣。而分别的那一刻，玛丽送给大家的祝愿慢慢变成生活中的习惯，“愿低语者保佑你”逐渐代替了“晚安”，成为人们问候的方式。生活就这样继续着，除了阿里的不安越来越重。

“我去过那儿了。”阿里对乔尼说。

“哪里？”乔尼问。

“他躺着的那个地方。”阿里回答道。

“啊，你指的是瓦利为？”乔尼说。

阿里点点头。

“他在家吗？他是怎么招待你的？给你倒咖啡了吗？或者给了你甜甜圈？据说瓦利为家的甜点特别有名。”乔尼开着玩笑，但是阿里并没有接茬，他从背包里掏出一个深色的小球。小球似乎是由一根根柔软又有韧劲的树枝编织而成的，里面装着黑乎乎的物质。

“很好，现在我们还需要球棍，这样我们接下来就能举办地板球锦标赛了。或者，你是想开发一个开普勒 62e 星球独有的运动项目？”乔尼继续努力让哥哥开心起来，但是没有任何效果。

“这个就放在休眠舱的盖子上面。”阿里平静地说道。

乔尼拿起小球仔细研究起来。

“也许，这是生长在开普勒 62e 星球上的一种……植物？风可以把它吹到任何地方。”乔尼说。

“它冒烟了。”阿里继续平静地陈述。

“可能是闪电击中了它，然后风把它吹进洞穴。又或许是休眠舱短路了，然后……”

没等乔尼说完，阿里就夺回了小球。

“这个小球像献祭品一样被放在休眠舱的上方，甚至还像蜡烛一样冒烟。我想，肯定有人在以某种方式纪念瓦利为。”阿里痛苦地说道。

“是谁在做这么奇怪的事？为什么会有人敬佩像怪物一样的坏蛋？不可能有人这么愚蠢，我不相信……”

“嘘——”阿里示意乔尼不要出声。

阿里和乔尼的妈妈沿着小路上山，很快就到了他们住的屋子附近，他们好奇地跑到她的身后。妈妈怀里抱着一堆又长又软的树枝和陌生植物的根茎，以及一些黑色的小石头。

“天气真好。”妈妈边说边把怀里的东西放到墙边一块洒满阳光的圆盘上。白色的植物根须宛如骷髅的手指，很快，根茎“复活了”，张牙舞爪地想要摆脱这个热得快要烧起来的圆盘表面。妈妈动作敏捷地捡起上面黑色的小虫子放进罐子里，然后盖上盖子。

“斯温特莱纳告诉我，如果把这些甲壳虫碾得粉碎的话，会得到一种易燃的粉末。再用植物的根茎编织出一个结实的中空的小球，里面填满粉末的话，就能制出一种熏香。这种熏香的味道特别好闻。这个方法真是太棒了。我们的生活需要一点儿气氛，不是吗？”妈妈微笑着说道。

“熏香。这就是我一直在寻找的那个名字。”阿里自言自语道。

第十六章

黑暗中X和乔尼打了一个趔趄，因为X坚决禁止乔尼使用头灯一类的照明工具。乔尼紧紧抓住X的腰带，试图跟上她走路的速度。

“你要是突然开始唱《大象进行曲》的话，我会把你一脚踢到山下。”乔尼开了个玩笑，却连一个微笑都没有得到。

乔尼始终无法摆脱那种感觉：看不见的眼睛正在监视着他们。有人在观察着他们的一举一动。出了村庄，摸黑行走变得轻松了一些，因为向上通往高原的小路比较平坦，很容易走。途中他们停下几次，试图找出其他人或动物的声音，但是四周一片静谧。之后，他们又继续艰苦的、充满未知的旅途。

“我能把灯打开吗？”乔尼请求道。

“不可以。”X说。

“有没有可能……”

“没有。”X打断了乔尼的话。

“有……”

“没有。”X 再次打断了乔尼的话，丝毫不给他商量的余地。

“谢谢你积极的回答。我打算每个月颁发一次‘热情’奖，你是最有竞争力的候选人。”乔尼紧张地开着玩笑，然后在 X 突然停下脚步的时候，撞上了她的后背。

“如果你打算一直这么说话的话，那么，接下来的路我自己走会更好。”X 说道。

“我？我已经很安静了，难道不是吗？”乔尼说。

X 逼近乔尼的脸，她一句话也没有说，只是用双眼紧紧地盯着他。乔尼感到自己的脸颊热得就像被放在烧烤架上炙烤一样。

“好吧，好吧，我一个字也不说了。”乔尼小声说道。

X 站在斜坡上寻找着正确的方向，她似乎犹豫了片刻，但马上抬起了脸，像动物一样嗅着空气中的味道。乔尼试图加强自己的感知力，让自己变得更加敏感，但他没有感知到任何有用的信息。不过他还是有所收获的。微风夹带着一缕香甜的气息掠过他的鼻尖，那是闻起来像一种夜间盛开的花的味道。这种花专门吸引昆虫飞来，然后把它们吃掉，乔尼心里这样想着。

他们接着向前走，但是脚步放慢了许多。X 用手中的长矛小心翼翼地探着脚下的地形，有时她会停下脚步倾听风中的声音。没过多久，乔尼就清楚地听到一组奇怪的声音：低哑的哀鸣声、咔嚓声、嗡嗡声，还有长矛触碰到硬物时发出的清脆的叮当声。

“到了。”X 说道，“帮我移开这些东西，但是小心不要掉进洞里。”

他们摸了摸地面，把用来遮挡住洞口的树枝和灌木拖拽到一边。洞穴底下是影狮的巢穴。血的腥味如潮水般从下方涌上来，乔尼深吸了一口气。

“现在你可以开灯了。”X 小声说道。

乔尼打开头灯，将光束对着他们刚刚掀开的洞穴。眼前的情景让他猝不及防：洞穴底部躺着一只已经没有了呼吸的影狮，它毫无生气的舌头耷拉在外面，身上还插着一支像棍子的东西。这只影狮的身后闪烁着两双忽明忽暗的眼睛。周

围的地上散落着骨头和血淋淋的肉块。

“如果那是它们的妈妈的话，难道它们吃了……”乔尼的话没有说完，一股恶心的感觉让他的胃痉挛起来。

“没有。我把死强盗兔给它们吃了。”X说。

这时，其中一只影狮幼兽突然冲了出来。它飞快地向着石阶跑过去，想要借着这股力量跳上石阶，但是跳到一半便重重地摔回地上，仿佛有一只无形的大手把它拉了下去。这只影狮幼兽不甘心地怒吼了一声，接着退回到妈妈身后的阴影处。

“在走之前，我用绳索把它们拴住了。”X满意地解释道。

“你打算做什么？”乔尼问。

“是我们。”X说。

“现在，我们要做什么？”乔尼纠正了自己的问题。

“我们要把它们带走。这个地方并不安全。尸体会把其他动物吸引过来，何况还有那支箭。”X说。

“箭？”乔尼疑惑地问道。

“箭。”X用肯定的语气说。

“箭？”乔尼又问了一次。

“我们要一直在这里玩这个游戏吗？我还得再重复几次‘箭’这个字？”X问道。

“你这是在开玩笑吗？”乔尼笑了一下，然后瞬间变得严肃起来，“这意味着，有人使用了武器。”

“你的推断很有道理，我知道你能得出这个结论。”X说。

“但是，这个人是谁呢？玛丽的队伍带走了所有武器。在我们的营地里，禁止使用任何武器。”乔尼说。

在头灯的照射下，长矛的尖端闪烁着摄人心魄的寒光。X紧握长矛，紧张不安地敲击着岩石的表面。显然，并不是所有人都守规矩。

“唔，你要敲到什么时候？”乔尼说完，马上闭上了嘴巴，但是他内心的声音越来越响亮，仿佛是在呐喊：危险！危险！

X把绳索的另一端系在洞穴里一块凸出来的岩石上。一共有两条绳索，每条绳索都拴着一只影狮幼兽。它们有时不停号叫，有时发出嗞嗞声，有时畏畏缩缩地躲回到影狮妈妈的身后。

“它们虽然还很小，但是拥有的力量已经很强大了。我一个人无法搞定两只影狮幼兽。”X认真地说道。

“要是我没有过来帮忙呢？”乔尼问。

“那我只能从中选择一只，放弃另一只了。”X说。

乔尼打了个冷战。其中一只可以得到生存的机会，而另

一只只能被留在死去的母亲身旁，等待着成为其他掠食者口中的食物。这种结果，光是想想就激起了乔尼心底最本能的恐惧。然而，他们把系在岩石上的绳子解开后，得到自由的影狮幼兽走来走去，蠢蠢欲动。这让乔尼不禁怀疑，他们是否犯下了一个大错。

“我先把这一只拽上台阶，你抓住绳子，让另一只留在原地。你最好绕着石头把绳子缠几圈，这样才能控制住它。”X说。

乔尼按照指示去做，与此同时，X使尽力气想把抵抗着的影狮幼兽拽上石阶。这只影狮幼兽先是用四肢拼命地挣扎，后来像突然间改变了主意一般，一下子冲上了石阶。另

一只影狮幼兽注意到同伴的意图，打算紧跟其后。缠绕在石头上的绳索立即收紧，差一点儿要把整块石头一起带下来。幸好乔尼反应迅速，把脚后跟抵在另一块更大的岩石后面，避免自己也被牵连着摔下去。

留在洞底的那只影狮幼兽像被利刃刺中了身体，尖叫了起来。石阶顶端，X 忙着应对另一只发怒的影狮幼兽，它像一只吃多了糖的松鼠，兴奋地四处冲撞。乔尼逐渐明白，为什么 X 需要其他人的帮助了。

经过一番较量，X 终于让那只影狮幼兽与她保持安全的距离。X 把它拴在岩石上，接着，她和乔尼合力把剩下的那只也拽了上来。事实上，剩下的那只影狮幼兽并不需要费力去拽，它迅速跳了两步就冲上石阶顶端。这一次，X 和乔尼都做好了充分的准备。当那只影狮幼兽冲向 X 时，乔尼紧紧抓住绳索，把绳索套到灌木丛的根部，还缠绕了好几圈。第一阶段的考验顺利通过。紧张感的消除和突然的放松让乔尼笑了出来，他擦了擦额头上的汗珠。

“你是想把它们当成宠物养吗？你听说过豚鼠吗？”乔尼问。

就在这时，乔尼负责的那只影狮幼兽用双倍的力量拉扯绳子。原本十分结实的登山绳就这样被扯断了，接着，像鞭子一样在空中划出一条完美的弧线。失去束缚的影狮幼兽几步便跳到X面前，它张着大嘴，向X毫无保护措施的脖子冲过去。X来不及伸出长矛反击，只是下意识地举起长矛横放在胸前。只见影狮幼兽锋利的前爪抓住金属矛杆，把它折成了两段，就好像这并不是什么武器，而是一根香肠做的手杖。影狮幼兽的跳跃也因此中断，它背部着地，摔在了地上。没等它恢复神志，X就跑到它的面前。她谨慎地避开影狮幼兽的牙齿，以及刺破长空的致命的爪子。

乔尼惊魂未定，但仍有基本的行动能力。他捡起掉在地上的原本拴在长矛上的匕首。他准备一有机会，就举起匕首刺向影狮幼兽的喉咙。这并不容易，因为X和影狮幼兽之间的距离是如此近。

“不可以！”X大喊道。

乔尼有点儿弄不明白不可以做什么。X一定是冲着影狮幼兽喊的，而不是冲着他。现在，影狮幼兽就在他可以触碰到的范围之内。X把影狮幼兽的前爪紧紧地按压在地上，像在一场艰难的摔跤比赛中制服了对手，战胜了对手。乔尼拿着匕首慢慢靠近。他真的敢那样做吗？

“不要碰它！”X生气地喊道。

接着，她把脸庞凑到影狮幼兽的鼻子和喉咙前面，咆哮

了一声。起初，乔尼不敢相信自己所听到的，但是X确实咆哮出声音了。她并不是笨拙地模仿动物的叫声，而是发出一种令人信服的深沉的咆哮。她的音调先是升高，然后下降，最后归于平静，但平静中也蕴含着强大的力量。

一开始，影狮幼兽十分惊讶，片刻后，便慵懒地趴在原地。它抬起鼻子，嗅了嗅空气，最后露出自己的脖子，以示

投降。或者，至少表示它不打算进攻了。乔尼再次举起手中的匕首，X 一脚踢向他的大腿，匕首立马飞了出去。

“我已经说过了。现在，局面得到了控制。”X 说道，无视乔尼的愤怒。乔尼向身后看了一眼，另一只影狮幼兽似乎睡着了。黑暗中乔尼无法判断它是否真的在睡觉，但是至少它不再吼叫了。

“你做了……”

“喉音唱法。我在营地里学的，当时……”X 说着，突然就沉默了，她意识到自己透露得太多了。

第十七章

菜地已经打理好了，种子也播下去了。现在，他们能做的只有等待、守护，以及祈祷有个好收成。向低语者寻求庇佑应该也有用。至少就目前而言，夜间巡逻和守卫时故意制造的噪声让强盗兔一直老实地待在洞里。但没有人知道，作物再次成熟时会发生什么。

乔尼看着正在玩耍的村民们。这些逃离人工智能的孩子来自地球的各个地方，他们获得了“诺亚方舟”的船票，之后穿越群星来到这里寻求新的希望。乔尼的内心有些惆怅。正常情况下，他本应该和其他孩子玩耍，奔跑，流汗，直到他幸福地跌倒在灿烂的阳光下——幸福，乔尼想知道，他是否还能过上幸福的生活。当周围只有各种威胁和危险存在时，幸福似乎是遥不可及的奢望。

乔尼把头靠在房子温暖的墙壁上，尽量不去想任何事情。然而，想念几乎是无法忍受的，它就像一个一直抽动着作痛的伤口。他非常想念他的兄弟阿里，如果可以的话，他会……或者，他真的会吗？他还会这样做吗？他还有别的选择吗？

用树枝编成的血色的玩偶、休眠舱、洞穴里的壁画、被箭射死的影狮，最近发生的所有事情让乔尼疑惑不解。很明显，有事情正在发生，但他目前还不清楚其中的内幕。他希望能够向别人诉说这一切，他希望那个冷静、稳重、让人有安全感的哥哥此刻就坐在他的身边。哪怕仅仅是坐着，都能慰藉他的心灵。但他身边，只有一个随着太阳下山而逐渐拉长的影子。

愤怒可以埋葬所有其他心情。悲伤和快乐虽然相反，却可以处于同一空间，但是愤怒一旦出现，却可占据整个空间。而这时，首先受它伤害的就是快乐。这就是为什么乔尼对他和 X 一起度过的几段快乐时光如此感激，尽管这个女孩性格阴沉。那天夜里，经过一段漫长又滑稽的“行军”之旅，他们来到了影狮的巢穴。之后又做了一次神奇的远足，因为他们需要把被 X 的喉音催眠的影狮幼兽牵回 X 的藏身之处。那天晚上的星星十分明亮，整个夜空就像一块布，上面缀满了发着冷光的钻石。

乌云遮住了天空，乔尼感受到一阵突如其来的寒意。他睁开眼睛，发现遮住太阳的乌云其实是斯温特莱纳。

“对不起，如果我吵醒了你的话。”斯温特莱纳说，但是她的语气听起来并没有多少歉意。

“我没有睡。”乔尼回应道。

突然，乔尼内心涌出一股强烈的冲动，想要和斯温特莱纳分享他的忧虑。这个比他年长的女孩性格稳重，而且做事很有条理。她应该可以推断出到底什么是真实的，什么只是恶作剧。

“我只是在想事情。你有没有注意到这里有什么奇怪的地方？”乔尼问道。

“你是说天气吗？”斯温特莱纳用手掌遮在眼睛上方，抬头看向天空。然后，她转头看向乔尼，脸上带着大姐姐般的微笑，关心地说道：“我没有。你呢？”

“我也没有……我的意思是，并不是关于天气……而是这个村庄里……我有一种奇怪的感觉，好像有什么东西摆脱了控制，某种……邪恶的东西。”乔尼吞吞吐吐地说道。

斯温特莱纳坐在以前阿里一直坐的那个地方。乔尼不由自主地打了个寒战，但什么也没说。

“你说的没错。我来是想告诉你，有人入侵了我的实验室。”斯温特莱纳说。

“现在？”乔尼问道。

“我不知道，可能已经有一段时间了。起初，我甚至没有注意到这个事情。但后来，我发现有人移动了样品瓶，并带走了一份我从本地植物中分离出来的提取物。”斯温特莱纳说。

“还有呢？”乔尼问。

“就这些。”斯温特莱纳答道。

“所以，你只丢失了一个样品瓶？”乔尼接着问道。

“我认为不能掉以轻心。它被保护得很好，而且与其他东西分开存放。”斯温特莱纳解释道。

“被带走的提取物很多吗？”乔尼问。

“非常非常少。”斯温特莱纳答道。

“唔，也许这件事情造成的危害没有那么大，可能有人只是在到处寻找食物。无论如何，我们都应该考虑如何管理库存的食品。我们是应该加强对食品的看管，努力维持原有的秩序，还是应该把食物分发给所有村民，让他们自己照顾自己呢？”乔尼说道。

斯温特莱纳看起来好像并没有在听乔尼说话。

“那是毒药。”她抬起头，和乔尼对视。

“你为什么要制作毒药？”乔尼问道，斯温特莱纳的话把他惊着了。

“我做了很多试验，最后发现了一种植物，通过挤压它的种子可以得到效力非常强的毒药，很小很小的一滴就足够……”

“足够做什么？”乔尼急切地问道。

“杀人。”斯温特莱纳补充说。

“谁？”乔尼接着问道。

“任何人，但我主要是想用它来除掉那些强盗兔。如果没有其他办法的话，我们只能毒死它们。然而现在连这最后的办法也没有了，有人把毒药都拿走了。要知道为了制作这点儿毒药，我几乎花费了一整个开普勒年。”斯温特莱纳说。

“为什么……有人想用毒药做什么？”乔尼不解，问道。

“这还需要问吗？毒药只有一个用途。”斯温特莱纳平静地答道。

第十八章

阿里望向前方，他的目光中带有一丝狂热和不安。在给乔尼看过熏香小球之后，他再也没有和乔尼说过话。他的怀疑似乎得到了最后的证实，即他们的妈妈是某个外部势力的非自愿信徒。每当乔尼试图找他说话时，他都会起身离开，换到另一个地方。

“愿低语者保佑你。”在某个大风天，乔尼认真地对哥哥说。天空中，一连几天不间断的艳阳高照突然变成金属灰色的云层密布，大风不停地呼啸着。

“你为什么这么说？”阿里转身看向弟弟乔尼。

“我觉得这样感觉很好。我真的开始相信，低语者在某个地方保护着我们。”乔尼说。

“它们为什么要保护我们？”阿里质疑道。

“它们已经帮过我们一次了。而且，你自己明明也和玛丽说过同样的话。”乔尼说。

“我只是……祈祷而已。我们入侵了低语者的星球，在它们的眼里我们就是害虫。就像在我们的眼里，强盗兔是抢夺食物的坏蛋一样。”阿里说。

“我不知道它们是怎么想的。低语者这样的生物……它们的家是整个宇宙，而我们在它们的眼中只是宇宙万物中的一分子，和任何其他生物一样重要，或者一样毫无价值。”乔尼试图让自己看起来很睿智。

“谁往你的脑子里灌输了这种想法，玛丽还是奥利维亚？”阿里问。

“妈妈。”乔尼答道。

“妈妈？”阿里颤抖着，像被烫伤了手指一样。

“我和妈妈谈过，她说她相信低语者是比我们更加高级的生物。我们不了解它们的想法，但它们要比我们想象中更加了解我们。”乔尼说。

“我把你带到它们的村子里去。整个村子都因你……因你身上的病毒而死。我想它们一定会找我复仇的。”阿里用恐惧的声音说道。

“先是妈妈变成了间谍，接着是超级蚱蜢要报复你。阿里，我认为你必须冷静一下。”乔尼担心地说道。

阿里用阴沉的目光盯着乔尼，然后转身背对着他，又恢复到之前那样，一言不发。

第十九章

“它的名字是暴风火。”X 指着一只淡黄色皮毛，身上遍布黑白相间的条纹，同时额头上长着一块楔形黑色斑点的影狮幼兽说道。这只影狮幼兽头顶两只形状优美的长耳朵，一只自然垂下，另一只像它妈妈的耳朵一样竖直向上，显得格外灵敏。这只影狮幼兽躺在洞穴的后方，咀嚼着强盗兔的残骸，边进食边时不时地看向 X 和乔尼，还发出嗞嗞的声响。

“这可真是个华丽的名字。”乔尼大胆地评价了一句。

“真的吗？”X 问。

X 看起来非常不确定，这令乔尼惊讶，这完全不像她一贯的性格。

“名字很重要。我希望它有一个好听的名字，不像……”X 止住了话语，略显紧张地轻抚手腕上的皮肤。乔尼飞快地看了一眼，恰巧看见了她皮肤上的印记。X 的手腕上文着一个蓝色的图案。没等他看仔细，X 就已经几乎把袖口拉到指尖了。

“我还给它起了另一个名字，”X 说，“火焰兽。因为它很容易生气。”

“这个比第一个好多了，听起来很大气。”乔尼点头说道。

“好吧，那它就叫火焰兽了。”X 说。

乔尼很确信，他看到 X 的嘴角露出了一丝微笑。这让他自己也很开心。

“那另外一只呢？它叫什么名字？”乔尼问道。

另一只影狮幼兽的体形明显小很多，它的两只耳朵全耷拉下来，看起来可怜兮兮的。它身上的皮毛几乎全是黄的，除了身体的一侧有一个黑色斑点。

“我不知道，它可是你的‘宠物’。”X 说道，打趣地看了乔尼一眼。

乔尼吞了吞口水。眼前的这只幼兽竖起耳朵回视着他，好像在为自己寒酸的模样道歉。

“我不能把它们中的任何一只带回去照顾。这样的野兽，根本不能带回有人居住的村子。你应该记得强盗兔给大家造成了多大的麻烦。村子里是禁止养宠物的。”乔尼磕磕巴巴地说道。说完，他的眼神落到 X 的长矛上，破损的金属杆已经被修好了。

他看了 X 一眼。X 一言不发，拿起长矛，拉了拉绳子，绳子的另一头拴着那只瘦小的影狮幼兽。难道 X 打算……？

“住手！”乔尼喊道，“我可以……如果你愿意把它们两个都留在这里，我可以帮你驯服它们，或者喂养它们，或者你打算和它们一起做的任何事情，我都能帮忙。”

X 咧嘴一笑，她把长矛放到墙边，显然很满意乔尼的主动。

“你真的不会伤害它们吧？”乔尼确认道。

X 没理会乔尼，开始低声哼唱。乔尼听出这是她曾经哼过的一首歌。歌声在洞穴里回荡，经过墙壁反射后似乎变成了另外一首歌曲。X 向乔尼挥了挥手，示意他跟上。他们小心翼翼地走向两只影狮幼兽，影狮幼兽则警惕地注视着他们的一举一动。X 蹲在火焰兽的旁边，微笑着把手轻轻放在它的脖子上。火焰兽先是低声吼叫，然后懒洋洋地扑腾了几下爪子，最后侧躺了下来，半闭着眼睛。

乔尼小心地走近第二只影狮幼兽。当乔尼蹲在它身边的时候，这只影狮幼兽低下了头。乔尼这才发现，它也有一只强盗兔作为食物，但奇怪的是，它并没有享用。

“我猜，它是在想念它的母亲。从那以后，它没有吃过任何东西。它如果再不摄入些营养的话，很快就会死了。”X 低声说道。

乔尼看向影狮幼兽，它躲在黑暗的角落里颤抖着。

“我知道想念的滋味。”乔尼静静地说道，他把手轻轻地放在影狮幼兽粗糙的皮毛上。

“你的名字是希望。”乔尼最后说道。

第二十章

饥饿，这是早晨睁开眼后的第一个感觉。乔尼按了按自己的胃部，一下子就按出个“深坑”来。他觉得自己的身体里有一个无底洞，越来越可怜的食物分量根本不可能填满它。乔尼甚至不记得上一次吃饱是什么时候了。

当他从简陋的木床上站起来时，整个房间在他的眼中显得摇摇晃晃的。清晨的热气透过充当房间大门的金属板的间隙传递到屋内。他伸手拿过水杯，贪婪地一饮而尽。多亏了流经村子的河流，在许多东西都需要节制使用的情况下，水是当下唯一充足的资源。

乔尼拖着虚弱的身躯，下山前往林内村。他本能地朝菜地的方向看了一眼，听见从那里传来隆隆声。离他们上次播下种子，已经有三个星期了。到目前为止，一切都进展顺利。他们制订的计划已经奏效，强盗兔只祸害到菜地边缘的一些幼苗。但也许它们只是在等待作物成熟。或者，对它们来说，打劫一次粮食可以维持好几周的温饱，剩下的时间则用来窝在洞里繁衍。地上的作物逐渐成熟，很有可能地下的强盗兔“军团”也在以相同的速度繁衍壮大。到那时，任何恐吓都无法遏制它们的破坏。这个猜想需要仔细地研究，不过要等到人类的力量更加强大以后。

到达皮卡迪利路口后，乔尼双手撑着膝盖暂作休息，为最后一段路程积蓄力量。休息了片刻后，他转身走进北街，前往储存食物的仓库。此时，仓库前已经聚集了一堆孩子。等到达目的地时，乔尼已经筋疲力尽，甚至连和大家打招呼的力气都没有了。

“去排队！”斯温特莱纳站在仓库门口大声喊道。

“你自己去吧！”说话的是那个自称金牛的红头发男孩，他的两颊已经凹陷进去了，“你们应该像我们一样排队。”

“任何时候，我都是最后拿走属于我的那份。”斯温特莱

纳叹了口气。

“有谁负责监督你呢？”身材矮小的日本男孩太郎问道。

“我的良知。”斯温特莱纳说完，打开仓库大门。这座仓库是开普勒 62e 星球的原始仓库，也是为数不多的带锁仓库。

当排队的孩子们准备领取每日的食物时，乱哄哄的声音消失了。他们即将分得一小包富含能量的凝胶颗粒、两袋全麦食品——有的人把它们叫作黑面包屑，还有维生素片，总共是 813 卡路里。对于正在长身体的儿童和青少年来说，这些吃的实在是太少了。但是没办法，目前的食物储备只能先保证让他们活着，以及维持基本的行动能力。另外，夜晚负责守卫的人可以额外获得功能饮料来保持清醒。

乔尼站在队尾，他并不想引起别人的注视和闲话，他也没有力气回应别人重复不断的质疑。因

此，站在最后的他和其他人一样，不知道为什么斯温特莱纳仍站在敞开的仓库大门前拖延时间。赶紧把那些该死的食物分给大家吧，这样饥饿感至少会消退片刻：在得到些许投喂后，胃里震耳欲聋的咕噜声会变成平稳的吱吱声，然后在这一天剩下的时间里响个不停。

斯温特莱纳终于转过身来，乔尼从她苍白的脸色中得知，一定是出事了——坏事。乔尼离开队伍，走到斯温特莱纳身边。斯温特莱纳一言不发地离开仓库门口。没有了遮挡，乔尼得以看见仓库内的景象。眼前的景象比他所担心的要更吓人：放置食物的架子上一片空荡荡。斯温特莱纳和乔尼害怕地看着对方，两个人都不敢看向身后越来越躁动不安的人群。而此时，聚集在仓库前的人越来越多，队伍的末尾已经延伸到皮卡迪利路口了。

突然，乔尼被强行推开，挨了一耳光，跌到了地上。斯温特莱纳吓了一跳，接着，她也被推开了。金牛和其他两个男孩把她和乔尼推到了一边，闯进了仓库。

“这里是空的！他们把我们的食物偷走了！”金牛指向乔尼和斯温特莱纳，他的手指因愤怒而剧烈颤抖着。另外两个男孩已经拽住了斯温特莱纳的手臂，像抓罪犯一样把她夹在中间。不安的气息笼罩着人群。孩子们互相看了看，不知

道到底该相信谁。

“以伟大的瓦利为的名义，我们将逮捕这些恶棍，并接管这个营地！”金牛高声宣布道。

乔尼觉得，这一切都过于巧合了。

第二十一章

“妈妈！”乔尼喊道。

女人转过身来看着乔尼，她的脸上永远带着困惑的神情，温柔，却心不在焉。

“亲爱的，怎么了？”妈妈问道。

“你过得好吗？”乔尼问。

“很好，很好。”妈妈答道。

“那你的脑袋呢？”乔尼接着问道。

“脑袋？”妈妈有点儿疑惑。

“那个……芯片，你还能感觉到它的存在吗？”乔尼犹豫了片刻，最后这样问道。

实际上，乔尼不知道该如何去问妈妈，难道直接问：“你是被邪恶力量控制的半机器人吗？”很少有人能够在这样的情况下组织好语言，因此，这次谈话并没有乔尼想象的那样顺利。

“我过得很好。你呢，我的宝贝？”妈妈说道。

“不错。”乔尼答道。

“唔，看来一切都很顺利。”妈妈说。

乔尼决定换一种策略。

“你去散步了吗？”乔尼问。

“当然，去了很多次。这里的景色很漂亮，而且空气清新。那个叫斯温特莱纳的女孩可真友好，她教我如何用本地的东西制作各种各样的物品。”妈妈说道。

妈妈给乔尼看她手里正在编织的熏香球。现在，村子里到处都挂着熏香球，这让晚上扰民的虫子远离了人们居住的地方。

“你和斯温特莱纳一起去过更远的地方吗？”乔尼问。

“更远？”妈妈问道，她有点儿疑惑。

“旧营地所在的地方，特别的远。”乔尼说。

“没有，”妈妈摇摇头，“我从没有和斯温特莱纳去过。”

“但是你和别的人去了，对吗？”乔尼接着问道。

“别的人？”妈妈脸上露出不安的神色。

“你去过放着瓦利为的休眠舱的洞穴吗？阿里说，是你把熏香球放在那里的。但这不是真的，对吗？告诉我，这不是真的。”乔尼激动地说道。

妈妈看向乔尼的那双眼睛顿时变得黯淡了，她皱起眉头，好像在努力地回忆着什么，但是乔尼知道，她这样做只是为了让他宽心。很久以前，她自己的意志和意愿就已经被摧毁了，人工智能通过消除成年人的思考能力来让他们变得顺从听话。或许，经过漫长的恢复期，妈妈的部分真实面目会重新回来，但是，现在的妈妈只是一个披着仁慈外套的躯壳。在某种程度上，乔尼已经得到了问题的答案：妈妈并不是坏人，正如乔尼所相信的那样。她不可能策划出目前所发生的事情。那么，这就是一切的关键所在，也是让乔尼感到不安的地方：谁是这一切的幕后推手？妈妈是和谁一起前往洞穴的？是阿里吗？

第二十二章

乔尼被拖进长屋子的时候，那次与妈妈谈话时的情景浮现在他的脑海中。这次，他的位置不是在高高的讲台上，而是在朴陋的地板上。他终于和群众站在一起了，但并不是以他所期望的方式。乔尼前面的高脚凳上坐着三个人：金牛、长着鹰钩鼻的瑞秋和日本男孩太郎。“以瓦利为的名义！”金牛大喊道。熏香、玩偶、洞穴里的壁画，这一切都拥有了答案，但乔尼仍觉得少了一块拼图。“我没有和斯温特莱纳去过。”乔尼问妈妈她的洞穴之行时，妈妈是这样回答的。

“我们不是先行者，我们不是第一人，我们也不是精英。我们和你们所有人一样，被所谓的第一人吸引来到这里，却遭到了欺骗。这个被赋予美好希望的星球，和想象中的不一样，根本不是天堂。这是为什么呢？这都是因为自称为第一人的家伙打乱了计划，使得伟大的瓦利为先生无法完成他的工作。”

说话的是瑞秋，她的声音深沉，充满了力量。长屋子里挤满了人，大家都想知道发生了什么，除了……乔尼看向四周，但是他没有发现自己想找的那个人。

“我们是瓦利为的追随者！”金牛咆哮道，“我们相信武器的力量。我们要完成瓦利为已经开始了的工作！”

“但武器是致命的！”一个卷发女孩大声喊道。

“没错，对别人，它们是致命的。”金牛说道。有几个人附和着笑出了声。

金牛朝着屋子后方的某处点了点头。没多久，十几名年轻人就穿过人群走向讲台，台下立刻变得嘈杂起来。乔尼瞪

大了眼睛，他看见走进来的每个年轻人的身后都背着一把弓箭，锋利的箭矢从箭袋中探出头来。乔尼很容易就认出，这些箭和杀死影狮妈妈的箭是同一种。

“正如大家所知道的，这些愚蠢的第一人把从地球上带来的所有武器都交给了玛丽的队伍。要是我们也有武器的话，就可以不费力气地消灭所有强盗兔，再用它们填饱大家的肚子。我们会生活得更加幸福充实，而不是像现在这样每一天都在受苦。我们没有屈服。我们一直在进行训练，现在已经准备好了。”太郎开始他的演讲，这显然是私下排练过的。

接着，金牛抓住弓箭，高举过头顶，说：“我是这方面的高手，这可不是说说而已，我有证据。”

金牛朝后方再次点了点头。像排练好的戏剧一般，四名年轻人走了进来，肩上扛着两根细长的树干，上面绑着一具

影狮的尸体。乔尼认出它就是火焰兽和希望的妈妈，与此同时，他的嘴巴里升起一股酸溜溜的、令人作呕的味道。他差一点儿就要冲过去掐住正在炫耀战利品的金牛的脖子，但斯温特莱纳安抚的双手阻止了他。

“我杀死了这个丑陋的怪物，我们的箭可是有毒的，没有人能够打败我们。”金牛宣称。

“用这些自制的武器，我们可以让大家吃饱饭。感谢这些有毒的弓箭，我们在这里的生活不会再受到任何威胁了。”瑞秋说道。

当弓箭手从背包中拽出死强盗兔，并把它们扔到人群中时，人们倒吸了一口凉气。但转瞬间，最初的惊讶和不安就变成了狂喜和哄抢，大家都争着去瓜分强盗兔。每个人都下了决心，至少要抢到其中的一块。在一片混乱的局面中，一

阵响亮的声音突然冒出来。原来是金牛从椅子上站起来，吹响了手中的某种长得像号角的东西。乔尼记起来了，自己曾经见过一种叫“巨兽”的野兽，它的头上就长着这样的一对犄角。

在骚动中，第四个人登上了讲台，她应该是从很少有人使用的后门进来的。

“丽萨。”乔尼愣了一下，然后脱口而出。

刚开始，斯温特莱纳和乔尼并没能立马认出他们的朋友——同样是第一人的丽萨。她披着斗篷，头发全剃光了。头皮上画着代表瓦利为的黑色符号，它和乔尼在洞穴的壁画

上看见的一模一样，只不过这一次，这个符号看起来一点儿也不笨拙粗糙。相反，它令人毛骨悚然。

“从现在开始，我们要追随伟大的瓦利为。对超级蚱蜢的崇拜是时候停止了，就连它们的名字都不许再提起。就是因为这些可笑的虫子，瓦利为的计划才没有成功。”丽萨说话的时候，一直躲避着乔尼和斯温特莱纳的眼神，因为她曾经的同伴正震惊地盯着她。

“但是瓦利为是邪恶的，低语者是善良的，只有它们才会保护我们。一直以来，你们都是这样教我们的。”一个嗓音尖细的女孩喊道，她的话语赢得了许多人的点头认可。

一名弓箭手迈开步子向那个女孩走去，但是，丽萨摇头制止了他。

“我们不想伤害任何人，我想让你们知道，只有我们才能够保护你们。第一人现在成了最后的人。新的时代到来了。”丽萨说道。

第二十三章

妈妈失踪了，乔尼有一种不妙的预感，而且是最糟糕的那种。过去的这几天，阿里像被什么附身了一样，前前后后地走来走去，又或是坐在屋内昏暗的灯光下，在可怕的寂静中喃喃自语。乔尼曾试图与阿里进行理智的交流，但他试了无数次，到最后，所有的努力都只是白费力气。阿里完全沉浸在自己的世界中，一个充满了恶魔和恐怖的世界。乔尼真心希望自己能够窥探到阿里陷入黑暗的内心，然后伸手探进那片黑暗，把心爱的阿里从深渊中拉出来。

乔尼跑遍了整个村子，向所有人询问有没有看见过他的妈妈或者阿里。有人说，曾见到乔尼的妈妈在路边拔野草。另一个人说，阿里可能正在通往平原的小路上徘徊。

乔尼跑去找丽萨。丽萨待在自己的屋子里，似乎正在制作某样东西。乔尼跑进来的时候，她连忙把那样东西藏进怀里。匆忙赶来的乔尼并没有注意到这些。

“你看见我的妈妈了吗？”乔尼问。

“没有。她失踪了吗？”丽萨反问道。

“是的，阿里也不见了。”乔尼沮丧地说。

丽萨看起来很吃惊，同时露出了一丝不自然的表情。如果在平常的情况下，乔尼一定会察觉到面前的女孩是在紧张。然而，现在他并没有察觉。

“他们肯定是一起去散步了。”丽萨说道。

“这根本不可能，因为阿里他……”

乔尼犹豫了一下。他一直都不想让别人知道阿里脑子里的想法，他本希望一切都可以自动恢复正常。也许这一切是玛丽的离开导致的，阿里只是太想念玛丽了。然而，现在才进行冗长的解释已经太迟了。乔尼不耐烦地挥了挥手，转身打算离开，身后的丽萨却开口和他说道：“乔尼，如果有人做错了事，但实际上这件事是对的，你会原谅这个人吗？”

乔尼皱了一下眉头，他现在可没有时间去猜测丽萨说的那个人是谁。是阿里吗？难道她知道一些秘密？乔尼内心的焦急和不安越来越大，大到迫使他赶紧离开，他现在没有时间，也没有必要给任何人答案。

乔尼气喘吁吁地爬上了山，来到斯温特莱纳的住处。斯温特莱纳在实验室里研究她清晨时采集的一篮子植物。她细心地把标本切片，然后放在显微镜的镜头下。看到乔尼，她停下了手中的动作。

“怎么了？”斯温特莱纳问。

“我妈妈和阿里，你见过他们吗？”乔尼说道。

斯温特莱纳盯着乔尼，等着他继续把事情说清楚。乔尼犹豫了一下，做出了决定。

“我怀疑，阿里打算对妈妈采取行动。他计划把芯片从妈妈的脑袋里取出来。他自己动手。”乔尼说。

“这很危险，非常非常危险。”斯温特莱纳说道。

接着，她猛地站了起来。

“几天前，你哥哥来管我要旧仓库的钥匙，那里储存着没用的电子设备和应急包。”斯温特莱纳补充道。

“应急包！”乔尼心里一惊，差点儿叫出声来。斯温特莱纳疑惑地看着乔尼，继续说道：“如果有危急情况发生，应急包就会派上用场。每个人都会分得属于自己的那一份，之后，一切都得靠自己了。包里面有一周的食物、急救用品和……”

斯温特莱纳停顿了一下，看了乔尼一眼，说：“里面有刀。”

旧仓库坐落于村庄边缘，和其他主要仓库一样，由防风防水的太空织物造成。这种材料如丝绸般光滑，就连子弹也无法刺破。乔尼和斯温特莱纳冲到门口，拉开仓库大门。

“不要，阿里！阿里！不可以！”乔尼大喊道。

只见他们的妈妈非常平静地坐在椅子上，阿里用胶带把她牢牢地绑在椅子上。她的左耳上方，有一道红色的细流缓缓流出。阿里站在妈妈的旁边，看着镊子尖上夹着的那块种子大小的芯片，一脸疑惑。当乔尼和斯温特莱纳冲过来时，阿里转过头看着他们，露出了几个月来的第一次笑容。而他们兄弟俩的妈妈却失去了意识，瘫倒在椅子上，就像关掉了电源的玩具机器人一样。

第二十四章

乔尼和斯温特莱纳被带到一间昏暗的屋子里。两名手持弓箭的警卫在门外坐着，他们正在用篝火烤强盗兔的腿吃。诱人的肉香让人无法拒绝，乔尼的肚子立刻开始咕咕叫起来，就像条件反射一样。

“丽萨怎么变成这样了？”乔尼突然开口说道。

“我也想不通。”斯温特莱纳说。

阿里是正确的，他们的妈妈确实被人控制了，但控制她的人不是瓦利为，而是丽萨。是丽萨在妈妈的日常物品中藏了玩偶；是丽萨把妈妈带到瓦利为所在的洞穴，并将熏香球放在休眠舱的玻璃盖上面。乔尼不得不佩服丽萨的狡猾。她先是成功地在阿里身上播下怀疑的种子，让这颗种子在有利的土壤中生根发芽，接着生长开来，最后导致阿里失控。强大而固执的阿里会对丽萨的计划构成严重的威胁，相反，一个疯狂且偏执的阿里则能帮助她达到目的。虽然阿里在“妈妈被控制”这件事情上是正确的，但他得出了一个致命的错误结论。抵制任何形式的暴力的他，最终却伤害了自己的妈妈。

斯温特莱纳和乔尼环顾四周，打量起这间屋子的情况。屋墙由飞船的外壳搭成，并不是非常坚固，说不定他们可以突破后墙离开。但是，他们能逃到哪里去呢？谁也不知道玛丽和她的队伍是否安然无恙。若还活着的话，他们在何处呢？而阿里，他的行踪同样也是个谜。

“我们可以去找 X。”乔尼小声说道。

“你指的是偷走我匕首的那个女孩吗？”斯温特莱纳问道。

乔尼点点头，他迟疑了一下，还是决定把过去几周发生的事告诉斯温特莱纳，也就是关于影狮妈妈和它的两个幼崽的事，还有他每晚都会悄悄地离开村子去找 X、火焰兽和希望的事。那时，越靠近 X 的藏身之处，他的脚步就变得越轻，尽管胃里的饥饿感一直在折磨着他。刚到门口，他便能听见希望高兴的呜咽声，这表示希望认出了他的脚步声。除了乔尼提供的食物，希望拒绝吃任何东西。一开始，它只是一只过度思念母亲的幼崽。然而，渐渐地，它变得勇敢起来，它的耳朵像它姐姐的耳朵那样竖了起来，它的个性也越来越鲜明。

与开普勒 62e 星球上所有的生物一样，影狮幼兽成长得十分迅速。乔尼和 X 必须时刻注意它们锋利的爪子和尖锐的牙齿。不过幸好它们并没有任何敌意，更多的是好奇、淘气和爱玩，像孩子一样。

“X 非常擅长打猎，比她当时向我们透露的要厉害得多。她肯定会帮我们活下去的。”说这话的时候，乔尼的眼睛闪闪发光。

“她当然能做到，可是之后呢？我们该怎么办呢？”斯温特莱纳问。

“唔……”乔尼意识到自己没有考虑过这个问题。刚被点燃的希望瞬间就熄灭了。是啊，接下来呢？或许他们三人可以在这个荒芜的星球生活下去，毕竟 X 以前一个人就过得很好。但没有其他人的话，这样的生活又有什么意义呢？他们来到这里，不正是希望人们可以一起开始新的生活吗？

“我不会抛弃我的同伴。”斯温特莱纳说，“他们不能没有我。只有我认识当地的一些植物，只有我知道从地球带来的药物该如何使用。”

“我认为他们不会听你的话。他们相信，只有瓦利为的计划才能拯救他们，不管这个计划到底是什么。”乔尼说道。

“即使是狗屎，他们也会相信。”斯温特莱纳哼了一声。她一直表现得冷静沉稳，所以，在乔尼眼中，这样的生气反而很有趣。“我不认为他们有任何能够实行的计划，他们只是无法接受‘现实并不美好’这一事实。他们相信，一切事情都存在着一个简单的解决方案。”

“武器。”乔尼点头道。

“最后是科学拯救我们，事实会证明的。”斯温特莱纳坚定地说道。

“但是……”乔尼不知道该如何将谈话继续下去，就像陷进了死胡同里，不知道该如何向前走。他们分裂成了两支队伍，他赶走了自己唯一的保护者——他的哥哥。而现在，他一直当作朋友的丽萨夺取了权力，建立了一个奇怪的组织，至少看起来是这样。

突然，乔尼号啕大哭，身体控制不住地剧烈颤抖，涕泪交流，丝毫没有停止的迹象。他因难过而哭泣，他为妈妈哭泣，为哥哥哭泣，为人类的命运哭泣。无论他如何试图根除邪恶的力量，坏蛋总是一次又一次地卷土重来。

斯温特莱纳不知道该如何安慰眼前这个悲伤的男孩。她是研究植物的大师，也是记录天气变化的专家，但安慰别人并不是她的专长。因此，她选择让乔尼彻底释放他的绝望。

乔尼筋疲力尽后，顺势把脑袋靠在斯温特莱纳的怀里。斯温特莱纳受了不小的惊吓，但紧接着，她就轻轻地把手放在乔尼的头发上，温柔地抚摸着。

“那个幼兽，”斯温特莱纳轻声说，“你养的那只。”

“怎么了？”乔尼擦了擦脸，问道。

“它和今天被抬到讲台上展示的是同一物种吗？”斯温特莱纳问。

乔尼点点头，答道：“讲台上的那只是它的妈妈。那些混蛋杀了它。”

“给我讲讲那只影狮幼兽吧。它的日常行为是怎样的？平常喜欢些什么？”斯温特莱纳说。

“希望的全身几乎都是黄色的，只有身体的一侧长着一块黑色的斑点。它尾巴的末端和狮子一样长有簇毛，头上长着一对巨大的长耳朵。它的耳朵可以朝任何方向转动，通过耳朵的状态，你可以知道它的心情好不好。它非常喜欢挖洞，觉得很有趣。对它来说，似乎不存在坚硬的土地。”乔尼说道。

“对了，你之前提到过，它的爪子很锋利，是吗？”斯温特莱纳问道。

“后爪和普通动物的没什么区别，但它的前爪非常锋利，也非常尖锐。它的前爪合起来，会形成一个可以挖掘任何东西的抓斗，就像一个有生命的挖掘机。有一次，一块巨大的岩石一下子就被它挖松动了，尽管它现在还没有完全成年。”

“它吃什么？”斯温特莱纳问。

“肉。在它看来，强盗兔很美味。”乔尼说。

斯温特莱纳弯腰靠近乔尼，乔尼惊讶地看到她露出了笑容。

“它叫什么名字？”斯温特莱纳问。

“希望。”乔尼答道。

“没错，”斯温特莱纳点头说道，“是希望。”

第二十五章

夜幕降临时，乔尼和斯温特莱纳被押送到村庄另一头的长屋子里。长屋子显然刚被装修过，现在看起来更像一座教堂或者寺庙。一个覆盖着红色防水油布的运输箱被抬到前面，并被小心翼翼地放在了地上。箱子上，熟悉的熏香球已经被点燃，中间放着一个象征瓦利为的玩偶。乔尼之前看到过的用树枝制成的玩偶，比这个新版本的玩偶要粗糙许多。房间的一面墙的前面，堆满了储备食物，就是消失在仓库里的那些。许多谜题似乎都有了答案。

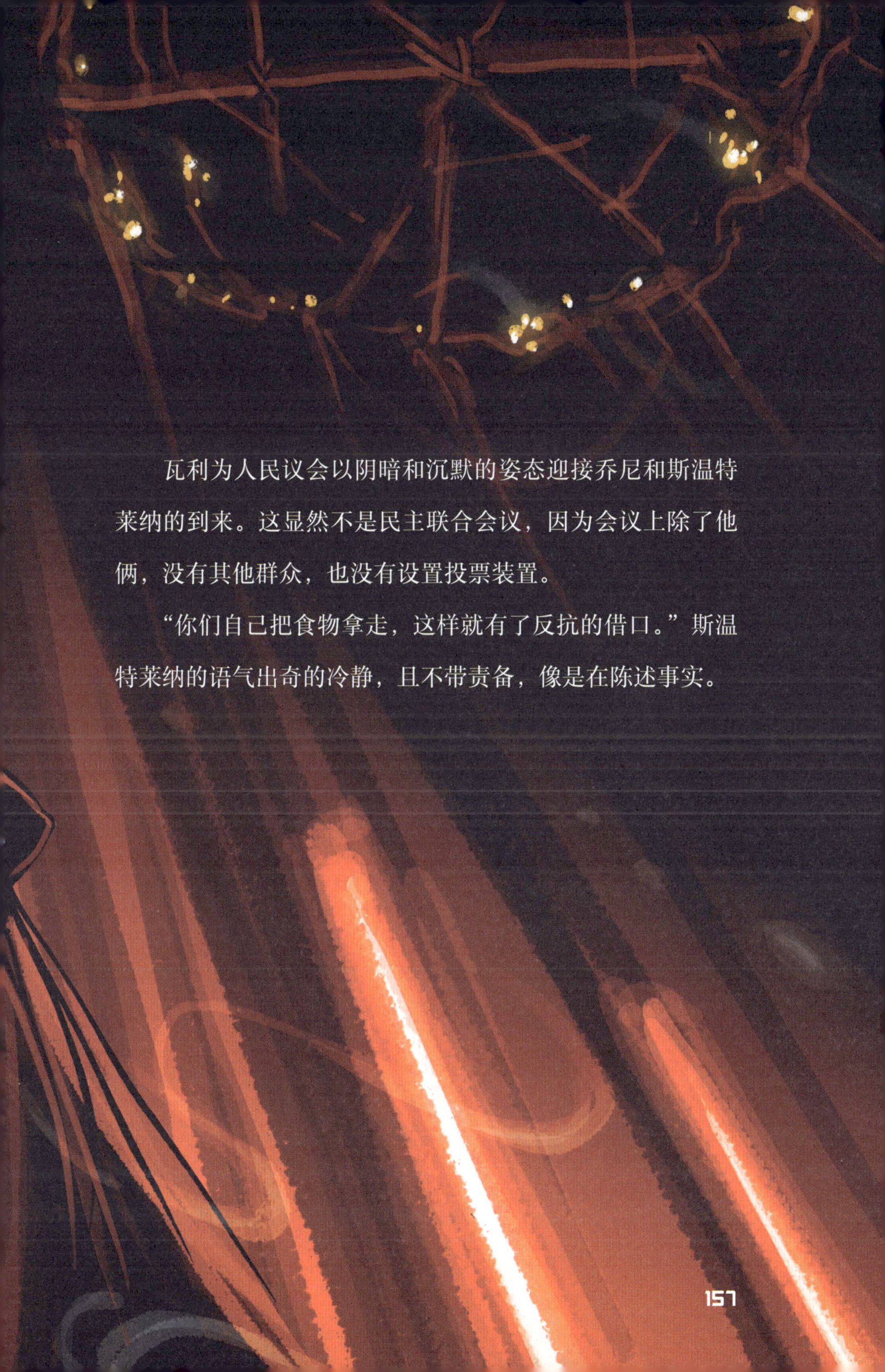

瓦利为人民议会以阴暗和沉默的姿态迎接乔尼和斯温特莱纳的到来。这显然不是民主联合会议，因为会议上除了他俩，没有其他群众，也没有设置投票装置。

“你们自己把食物拿走，这样就有了反抗的借口。”斯温特莱纳的语气出奇的冷静，且不带责备，像是在陈述事实。

“这是不可避免的。一切都需要快速地改变，为此，我们需要一个大家都会接受的理由。”丽萨理所当然地点头说道，丝毫不为自己在斯温特莱纳的眼里成了强盗而感到羞耻。她光秃秃的、绘有符号的头顶显得原始而野蛮，让人觉得阴郁。

“你们现在打算做什么？”斯温特莱纳问。

“我们要拯救留下来的人们。如果你们也愿意的话，我们自然也会帮助你们。这一切取决于你们，我们可不是怪物。”丽萨解释道。

“但瓦利为是个怪物！”乔尼说道。

“从现在开始，他是站在我们这边的怪物，这有区别。”丽萨说。

“那么，你们准备怎么服侍他？”乔尼问。

丽萨看了一眼祭坛，叹了口气，说道：“我们不崇拜和服侍任何人，那些只是道具，用来让村子里的人们忘掉那些愚蠢和毫无用处的超级蚱蜢。而瓦利为……我们需要他的资源，以及他的计划。”

“我们为什么需要他的计划？我们已经清楚他的计划是什么样的，即毁灭所有他不喜欢的东西，以及与他意见相悖的人。同样的事情在地球上已经发生过一次了，如果你们碰巧不记得的话，我就再提示一次。”斯温特莱纳打断道。

“瓦利为先是摧毁了地球，现在，你们又给了他毁灭开普勒 62e 星球的机会。你真的觉得他休眠时会变得聪明，会反省自己做过的事吗？”乔尼追问道。

“很不幸，你们是这样看待他的。”丽萨摇头说道，“我认为他是唯一可以帮助我们，开发适合我们的武器的人。有了武器，我们可以狩猎食物和保护自己。”

“等等。”乔尼震惊地打断了她，“帮助你们？你的意思是，你们打算唤醒他？你们不仅把他当作某种神来崇拜，甚至想让他‘复活’？”

丽萨扬起下巴，居高临下地看着她昔日的两个朋友，说道：“我相信，当他了解整个状况时，会为了我们的队伍竭尽全力。”

“丽萨，你到底怎么了？”乔尼问道，几乎是在乞求。

但丽萨面无表情，无动于衷。

“等他醒来，就可以决定你们的命运。”长久的沉默后，丽萨开口说道。

“难道你们已经……？”斯温特莱纳声音颤抖着说道。

“金牛和瑞秋已经启动了唤醒程序。在他醒来之前，你们还是我们的客人。”丽萨说。

乔尼和斯温特莱纳互相看了一眼，他俩都不知道还该说些什么。丽萨向警卫点点头，警卫领他们回到刚才那间昏暗的屋子，等待最终的判决。

第二十六章

“他们真的唤醒了瓦利为？”乔尼的声音里充满了惊恐。虽然战况最艰难时他并不在战场，但他对那些景象仍心有余悸：蔓延开来的火海、狰狞的瓦利为，以及他的仆从——只知道带着武器到处冲撞的嘶嘶兽。难道他们要再一次面对这一切吗？

“我不明白，丽萨为什么会背叛我们。”乔尼难过地说。

“这没什么不明白的。我们中的一些人比其他人更容易受到诱惑罢了。也许是瓦利为安装在丽萨脑内的芯片永久地改变了她，虽然芯片只在她的脑袋里停留了极短的时间。人的大脑是一个奇怪的装置，有的人的大脑要比其他人的更加敏感。但也可能丽萨的变化和芯片毫无关系，她只是在做自己认为正确的事情。”斯温特莱纳说道。

“那你呢？你也被安装过芯片，它对你有影响吗？”乔尼鼓起勇气问道。

斯温特莱纳不禁皱眉，之后摇了摇头，说："我没有发现任何异常。"

"我们能做点儿什么吗？他们寄希望于让瓦利为帮着开发新型武器，可这根本就是错误的决定。"乔尼说。

"但是，在开发武器方面，他们其实并不需要任何帮助。"斯温特莱纳朝着坐在篝火旁的警卫们努努嘴，忧愁地说。警卫们背着弓箭，正大口撕咬着刚刚烤熟的强盗兔肉。

"我开始觉得，一直以来我们都错了。我们应该允许大家使用特定的武器去打猎。如果我们一开始就及时地狩猎强盗兔，那么现在什么问题都不会有。菜地不会受到任何侵扰，我们会有充足的食物。"乔尼说道。

"我完全不相信他们是用弓箭猎到强盗兔的。"斯温特莱纳沉思了一下，说道，"那些人到底是怎么学会如此精准地射中强盗兔的？这需要数月甚至数年的训练。"

"但是，你也看见了那些死强盗兔，你也听到了他们把肉从骨头上咬下来的声音，你也肯定闻到了肉的香味。"乔尼呻吟着揉了揉肚子，说道。

"我比这里的任何人都关注开普勒 62e 星球上的生物的生活习性。强盗兔只会在特定的时间爬出来找吃的，其余时间一直藏在洞里。它们以闪电般的速度跑动，此外，它们背上厚厚的皮毛如盔甲般坚不可摧，那种箭头根本刺不穿。想要击中这样的目标，就像想用绳索抓住一只燕子一样，没什么可能。”斯温特莱纳说。

“可是，X 单单用长矛就能抓住强盗兔呀。”乔尼嘟囔道。

“你问过她是怎么做到的吗？”斯温特莱纳问道。

“没有……不过……”乔尼试图想出一个机智的回答，后来意识到自己对此一窍不通。他猜测 X 是通过投掷长矛的方式猎杀强盗兔的，但除此之外，应该还用了许多其他方法。比如，把长矛杆插入强盗兔的巢穴，把它们从洞里轰出来。

“他们使用了毒药。”斯温特莱纳说。

“毒药？”乔尼觉得不可思议。

“他们从我这里偷走了毒药，今天能俘获这么多猎物全是毒药的功劳。弓箭只是他们用来展示自己强大的道具。”斯温特莱纳冷静地说。

“但我确实看见死去的影狮妈妈身上插着一支箭，至少它是被弓箭杀死的。”乔尼回忆道。

“这是另一个令人担心的问题，而且更加严重。他们一定已经练习过无数次了，只不过练习时的目标是体形更大、动作更缓慢的对象，这样会更容易击中。箭头蘸上了同样的毒药，这种毒药的效力非常强大，一小滴就足以让人或者动物失去呼吸。如果他们能杀死影狮这样的野兽，那他们也有能力杀死其他东西，比如说……”斯温特莱纳的话说到一半就停了下来，但即使不说，乔尼也明白她的意思。醒来的瓦利为需要一支为他服务的军队。这支军队或许不会拥有现代化武器，但这支配备着毒箭的队伍，在这个星球上已经足够强大和优越。当然，除非遇上玛丽的队伍，否则瓦利为会继续实施他的计划。他可以杀了所有反对他的人、所有惹他不高兴的人，或者只是单纯为了杀戮而杀戮。根据乔尼的所见所闻，他对此毫不怀疑：醒来的瓦利为会做出他们无法想象的残暴的事。

“今晚你必须逃离这里。”斯温特莱纳抓住乔尼的肩膀低声说道。

“警卫怎么办？”乔尼问。

“如果我对他们的狩猎方法猜测正确的话，那么他们吃的肉一定是有毒的。强盗兔们吃掉了带毒的诱饵，毒素渗透进它们身体的各个器官。经过了血液的稀释后，毒药的效力会减轻，但至少会使所有吃了肉的人生病。我们只能祈祷，他们病得不是很严重。这可是你逃跑的唯一机会。”斯温特莱纳说。

“难道……我们不应该提醒他们，提醒他们别吃有毒的肉？”乔尼着急地说道。

“你觉得他们会相信吗？尤其是丽萨他们声称是用弓箭猎到强盗兔的，根本没提毒药这回事。”斯温特莱纳说。

“那你呢？我们不一起走吗？”说完，乔尼焦急地看向四周。这一天接收的信息量过大，乔尼有点儿头晕，感觉整个房间似乎都在旋转。

“我会留在这里。我的工作就是不管发生了什么，都要照顾留下来的这支队伍。再说，如果这里的人都死了，我逃跑也没有任何意义。”斯温特莱纳说。

乔尼很难接受这个安排，但斯温特莱纳的话无可反驳。奇怪的是，如今，他在考虑问题的时候，都不会仅仅想着自己了。

“我离开之后呢？该怎么办？”乔尼征求斯温特莱纳的意见。

“你还记得低语者对玛丽说的生命中最大的秘密吗？”斯温特莱纳没有直接回答乔尼的问题。

乔尼点点头。

“生命中最大的秘密就是希望。”斯温特莱纳凑近说道。

“希望？你的意思是……等等，这不会是什么谜语吧？”

乔尼说。

“不是。去找 X 吧，我相信她一定有解决问题的办法。”斯温特莱纳说道。

外面的声音逐渐小下来，后来变成彻底的寂静。乔尼突然之间想到的是，斯温特莱纳可能搞错了，也许强盗兔肉里没有毒药。但是下一秒，他便反应过来，答案就藏在外面的寂静之中。过去的几周，每到晚上就能听到菜地那边传来声响，看守菜地的守卫们故意制造动静把强盗兔吓退。现在，却什么声音都听不到。

“他们用毒药把所有强盗兔都毒死了吗？”乔尼问道。

“这不可能，毒药的剂量太小了，而强盗兔可能有几百只，甚至上千只。”斯温特莱纳说道。

他们又等待了一个小时，直到外面传来一声低沉的呻吟。在门外看守的两名警卫蜷缩着倒在地上，像生了病的动物一样呜咽着。他们痛苦地喘着粗气，嘴边挂有白沫，仿佛已经身处另一个世界。

“毒素会使人的肌肉收缩，也会抑制人的心脏跳动。它会造成缺氧，最终让人失去知觉。”斯温特莱纳解释道。她弯腰查看晕过去的警卫的状态，感受着他们的脉搏，然后将警卫的身体放平，朝乔尼点了点头。

“等等，乔尼！”在乔尼的身影即将隐入夜色之中时，斯温特莱纳叫住了他，说道，“愿低语者保佑你！”

乔尼穿过灯火通明的村子，耳边是从四面八方传来的各种各样的咒骂声和呻吟声。吃了强盗兔肉的人们现在都病倒了。幸运的是，因大家分得的强盗兔肉不多，所以摄入的毒素不足以让他们失去性命。乔尼艰难地抑制住内心的冲动，没有跑到丽萨的住处查看她的状态。他自己也不知道是担心丽萨，还是为丽萨的计划无法顺利实施而感到高兴。然而，让乔尼担忧的是，或许有“瓦利为王国”的信徒没有吃强盗兔肉，此时他们正清醒地拿着弓箭，潜伏在黑暗中，等待着机会。于是，他小心翼翼地贴着墙边疾走，穿过荒凉的街道，离开村庄，消失在仿佛能吞噬一切的黑夜中。

第二十七章

有那么一刻，乔尼以为自己迷路了。天空中乌云密布，周围一片漆黑。空气中弥漫着一股奇怪的刺鼻气味，闻起来像某种植物汁液或者动物尿液的味道。联想到后者，乔尼浑身一颤。这条小路上到处都是洞穴和岩石，外侧则是向下无

瘫倒在身后的巨石上，享受了片刻的安逸后，他听见了叮当的响声。巨大的兴奋感在他的脑海中如流星般划过：也许 X 出来散步，刚好路过这里，然后把他救回去，像许多经典童话故事里写的那样。有一刻，乔尼激动得想要冲出去和来者打个招呼。但是，他最后还是克制住了自己的好奇心，以及向声音传来的方向冲过去的欲望。

“我们能在天亮前回到村子里吗？”一个女孩说道。乔尼听出这是瑞秋的声音，他立马将身体死死地贴在巨石上。

“应该不能。那个家伙可能要到早上才会醒来。我们有时间把丽萨从村子里接出来，然后返回山洞。程序显示还有 6 个小时。”一个男孩说道。乔尼并没有听出这是谁的声音。

那两个人的脚步声越来越清晰，两束锐利的灯光不停地沿着小路跳跃。

“丽萨希望亲眼见证那一刻。而且，她是我们当中唯一见过瓦利为，并且瓦利为也认识的人。”瑞秋说道。

“没错。当然了，除斯温特莱纳和乔尼这两个第一人之外。”那个男孩说。

“他们可不再是第一人了，而是最后的人。据说，伟大的瓦利为非常讨厌他们。”瑞秋笑着说道。

“可以让他们做我们的仆人，我再也不想挖粪坑了。”男孩说道。

“我也一样。你确定我们来得及？要是他提前醒过来怎么办？”瑞秋说。

“放心吧，以防万一，金牛留在了山洞里。他会陪着那个躺着的老家伙的。金牛的力量足以对付任何人，何况他还拿着弓箭。”男孩说。

“好吧。”瑞秋说道。

那两个人的声音逐渐消失在黑暗中。乔尼的身体不由自主地颤抖着，仿佛处于气温突然下降了几十摄氏度的冰窖里。不，不能让心脏也受到寒冰侵扰。就在这时，他意识到自己必须做点儿什么。这是他有生以来最冒险的想法。

第二十八章

天光微亮时，乔尼终于走到了瓦利为沉睡的山洞旁。他的手和膝盖上有好几处擦伤，额头上也有一个肿块。他从未感到如此的疲倦和恐惧，哪怕是抛弃地球上的家穿越太空来到这个陌生的星球之时。因为那个时候他并不孤独，而是和哥哥阿里在一起。但现在，他孤身一人，又面对着一个十分强大的敌人。

他甚至不知道，自己到底需要做什么。和斯温特莱纳商量过后，他们做出以下决定：乔尼先去找X。等村子里的形势转危为安时，斯温特莱纳会给乔尼传递消息，让他回村。关于瓦利为被唤醒这件事，他们并没有谈论太多。但毋庸置疑的是，必须阻止这件事发生。除此之外，没有比这个更重要的了。然而，守护在瓦利为旁边的是金牛，一个拥有毒箭、强大又令人讨厌的家伙。

太阳染红了洞穴口两旁的岩石，使黑漆漆的洞穴口看起来就像通往另一个世界的大门——地狱的大门。怪物正在那里面苏醒，有一个武装警卫在旁边守护。乔尼仍在思考，是否还有其他的办法。X的藏身之处并不是很远，或许他还来得及去请她帮忙。可X曾多次明确表示自己不会干涉其他人的事情，不管别人要做的事是好还是坏。虽然，在两只影狮幼兽的事情上，X确实欠乔尼一个人情。但如果她拒绝帮忙的话，那么他就是在浪费宝贵的时间。想到这里，放弃的念头在乔尼的脑海中浮现。他到底为什么要来执行这个任务？逃跑和躲藏相对来说容易得多，他运气好的话说不定还能找到玛丽的队伍呢。但紧接着，斯温特莱纳的话又在耳边响起：如果这里的人都死了，我逃跑也没有任何意义。

最终，乔尼鼓起勇气，慢慢地接近洞口。刚才在路上听到瑞秋的同伴说，离瓦利为醒来还有 6 个小时。在那之后又过了多久呢？也许 4 个小时？显然，瑞秋和她的同伴回到村子后会停留更长的时间，因为如果丽萨和其他人一样也生病了的话，她就不能马上和他们一起返回山洞。同时，一个更可怕的想法让乔尼无法忽视：要是村子里的所有人都死了呢？或许残留的毒药的威力比斯温特莱纳推测的要强大，足以把所有吃了强盗兔肉的人杀死。到那时，他们这支队伍除了他和斯温特莱纳，谁都没有剩下，那他为谁牺牲呢？

哪个想法是错的，哪个想法是对的，这又有什么关系？丽萨是叛徒，他怎么可能为丽萨而战？斯温特莱纳善良、正直，他愿意为她献出自己的生命。但现在的关键并不是这两个女孩，也不是善和恶，而是生命，以及希望。

洞口在乔尼的左侧，他靠在冰凉的岩石上。在阳光的眷顾下，身后的岩石以飞快的速度暖和起来。视线所及，前方和脚下的风景都是一片棕褐色，而更远处的山谷，村庄坐落的地方，是一片起伏的绿意，焕发着生机。

乔尼趴在地上，小心地探头朝山洞里看。休眠舱仍在原地，黑暗中，显示屏发出微光，但仍不足以让乔尼看清洞内的细节。他仔细搜寻着本应在此处守卫的金牛。一开始，山洞看起来空荡荡的，可细心的乔尼发现休眠舱的后面有一双

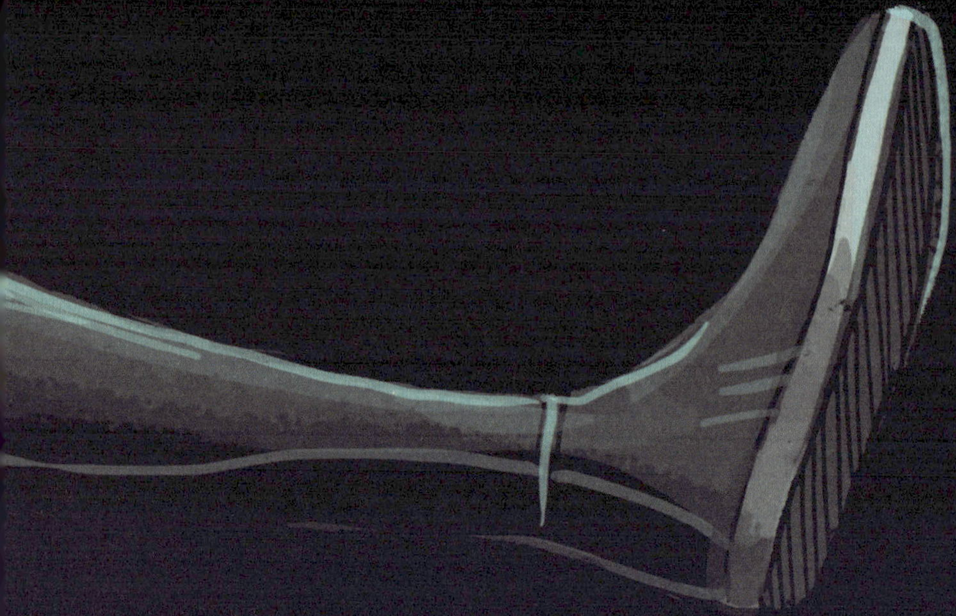

运动鞋，那双鞋和他们所有人穿的太空专用运动鞋一模一样。可怕的守卫已经睡着了，乔尼暗自高兴。这会让事情变得比他想象的容易，他只需偷偷溜进去，关闭唤醒程序，悄悄拿走金牛的毒箭，强迫金牛屈服于他。之后的事情乔尼暂时没有细想，说不定他们可以试着和丽萨等人讲道理，或者

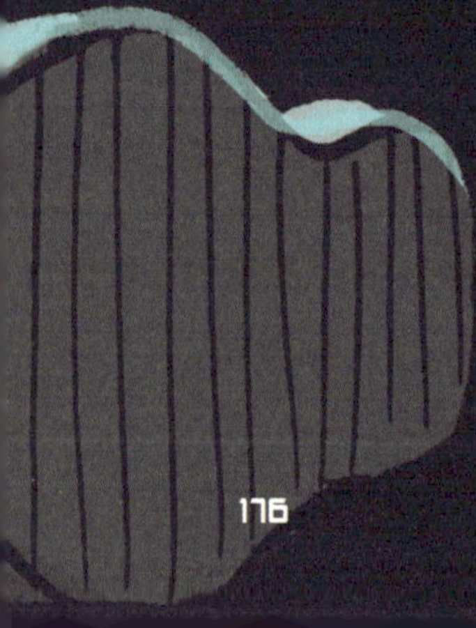

把洞口永远堵死。现在这些事还没那么重要，他需要先踏出第一步。

进来后，看到倒在地板上打鼾的金牛，乔尼不禁嗤笑一声。然后，他弯腰凑近休眠舱的显示屏。起初，他好像无法理解显示屏上的内容，之后，上面的文字像一把锤子一样狠狠地砸向他的脑袋。

唤醒程序

完成

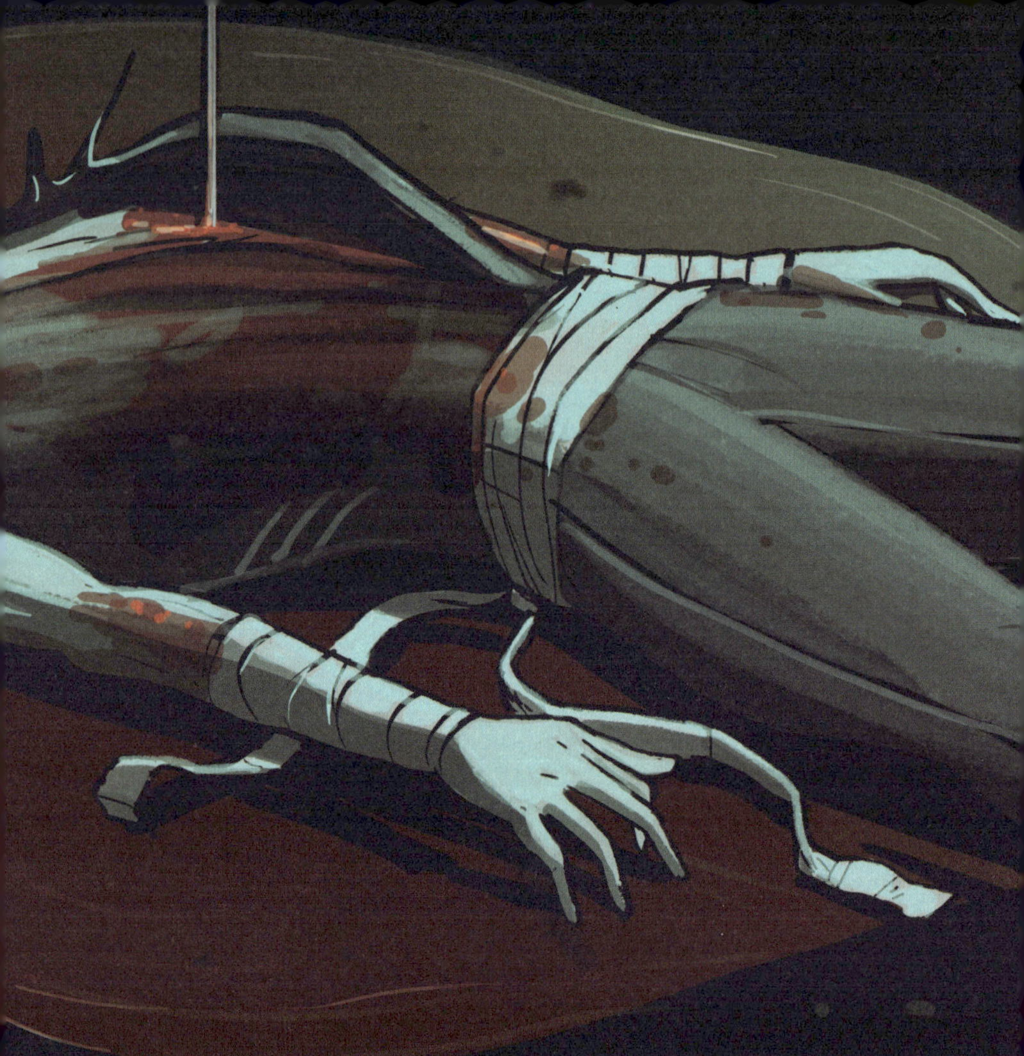

他重新看向倒在地上的守卫，金牛并不是在打鼾，而是在痛苦地呻吟。另外，他的身下有一块深色的印记。血！

“咔嚓”，就在这时，他听见从洞穴后方的某个角落传来清脆的打火机的声音。火光瞬间照亮了一双阴森可怕的眼睛，然后熄灭了，只剩下雪茄的味道钻入乔尼的鼻孔。

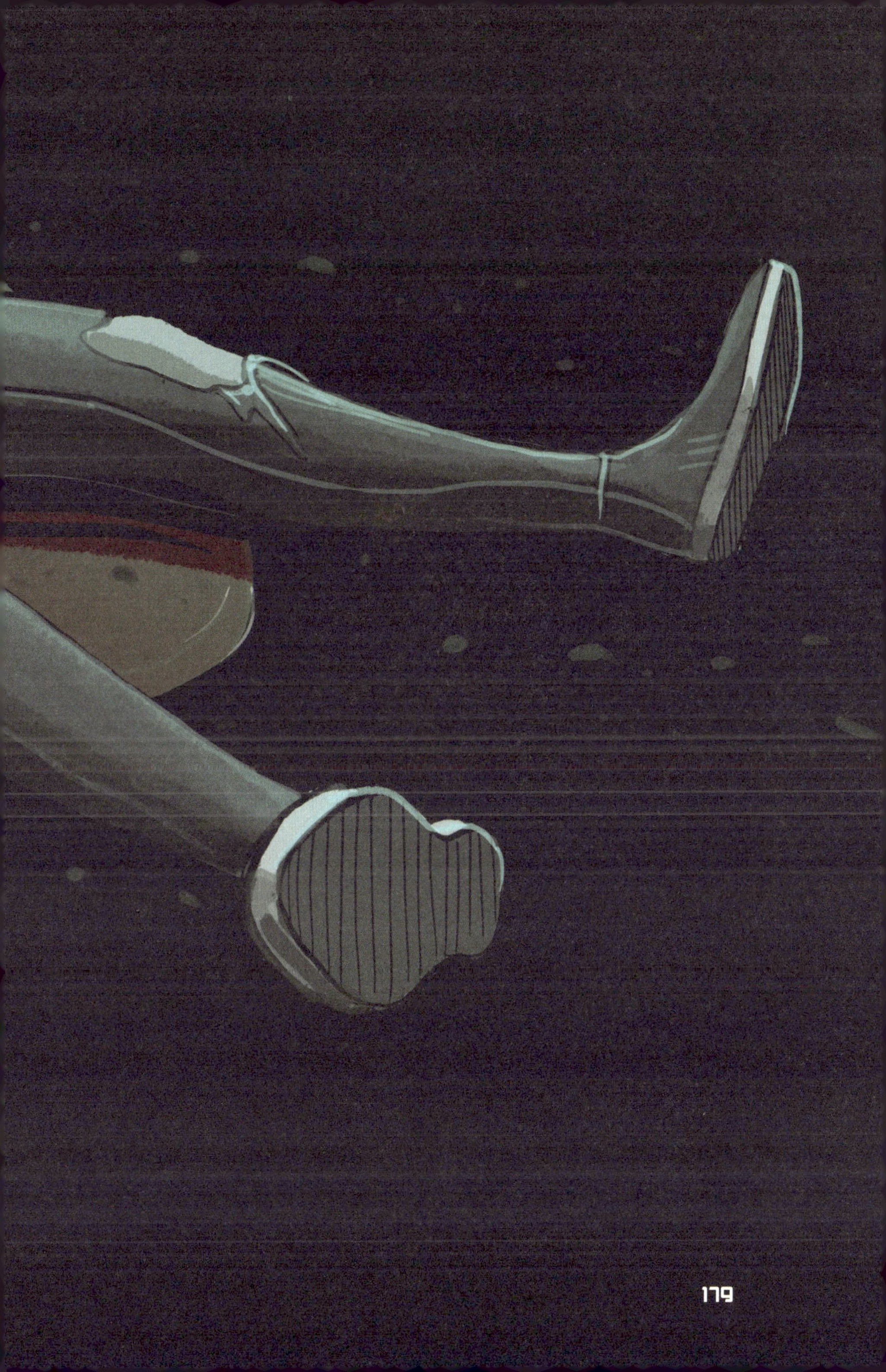

第二十九章

阿里把收拾好的背包背在身后，转身想走出屋子，目光和乔尼的撞了个正着。乔尼吓了一跳，因为阿里的目光中没有一丝温暖。不过，阿里看起来仍是他认识的那个可靠又强大的哥哥。阿里就要离开了，乔尼有一种奇怪的、被背叛的感觉。为什么阿里不可以一直保持这样，待在他身边呢？他很想冲过去抱住阿里，乞求他留下来，但这已经不是他能决定的了。理事会成员的投票结果是：阿里必须离开村子。他表现得极其不负责任，甚至采取了危险的行动，让所有人都感到震惊。他连自己的妈妈都能伤害，谁知道他会不会对其他人做出不好的事呢？

村子里的居民都感到很害怕。他们并不是害怕阿里，而是害怕自己脑海里可能出现的想法。他们背负着压力，生活在一个完全陌生的新环境中。没有人可以肯定地告诉他们明天会发生什么，甚至天气也会欺骗他们。他们想把阿里赶走，是因为他们害怕自己会成为第二个阿里。最可怕的是，他们中的任何一个都可能突然失去理智，哪怕是最强的那个。

乔尼甚至感到有点儿欣慰，阿里终于和自己的内心和解了，虽然代价是必须远离群体。在乔尼看来，阿里这样做是对的，尽管在所有人看来阿里毫无疑问做错了。但什么是对的，什么是错的，是由谁决定的？

“带我一起走吧。”乔尼受内心驱使，不由自主地说道。

阿里惊讶地看着他，随后摇了摇头。

“那告诉我你要去哪儿，到时候我好去找你。”乔尼说。

阿里皱了皱眉头。乔尼分不清阿里是不是在思索要不要把计划和目的地告诉他，或者至少把目的地告诉他。

“我要去寻找真相。”过了好久，阿里才小声说道。

“关于什么的真相？这个星球的，低语者的，还是妈妈的？”乔尼追问道。

“我自己的。”阿里说完，张开双臂拥抱了乔尼。就在那一刻，乔尼觉得这是整个世界上他唯一想永久停留的地方。但同时他也在思考这些问题：这会不会是最后一次在一起？这一切，什么时候才结束呢？还有谁会比失去兄长的他更痛苦呢？拥抱之后，阿里转身沿着小路往山谷外走去，逐渐消失在乔尼的视线中。

乔尼抬头看向天空，在心里祈祷，希望阿里能得到低语者的庇佑。之后，他收回视线，看向站在旁边的丽萨。丽萨见证了他和阿里的告别，此时，她的脸上交织着震惊和兴奋这两种表情。

乔尼猜想，这应该是因为丽萨想到，阿里离开后，村庄的掌权者就要变成他们几个了。

第三十章

乔尼等着瓦利为冲出来解决掉他，就像之前瓦利为给金牛的“惊喜”一样。金牛仍旧躺在地板上，呻吟声已经消失，只有断断续续、若有若无的呼吸声。除此之外，四周安静得可怕。然而，过了好久，除缭绕的雪茄烟雾和交替明灭的火光之外，什么也没有发生。

“你就是那个在最后的时候毁掉了一切的人，不是吗？”一个低沉的声音终于响起。

“这在一定程度上取决于从谁的角度看这件事。”乔尼试图让自己的声音听起来充满自信，但话音落地后，只引起了尖锐的笑声。

“你一定就是那把关键的‘钥匙’，给了人类在这个凄凉的星球上继续生活下去的机会，但你无法承担你的责任。”瓦利为说。

“你指的是我作为生物炸弹，将病毒传染给低语者的部落，把它们全都杀死的事情吗？”乔尼问道。

“这取决于从谁的角度看待这件事了。”瓦利为说完，昏暗的角落里传出干巴巴的笑声。

乔尼很无助。他的大脑告诉他必须逃跑，要跑得比以往任何时候都快、都远。然而，他的双腿似乎收不到大脑的信号。

“我承认，我并不清楚你们为什么选择唤醒我。我猜，你们一定遇到大麻烦了。你们需要有一个人来帮助你们摆脱困境。但是，你们可都是一群坏孩子。”瓦利为把雪茄扔到地上，略显笨拙地站了起来。他就像一个巨大的影子，转瞬间就在乔尼眼前化成具体的人形。

“不是我唤醒你的，是……”乔尼立刻闭上了嘴，但为时已晚。

“其他人。”瓦利为补充道，并看了一眼躺在地板上一动不动的金牛。他跨过金牛的身体，踉踉跄跄地从阴影中走出来，时不时扶着墙壁。“其他人是谁呢？我亲爱的女儿们吗？或者是两个当中更愚蠢但更忠诚的那个？奥利维亚一定是清醒过来了，想让一切回到正轨。”

乔尼缓缓地后退，同时摇了摇头，说：“玛丽和奥利维亚已经不在这儿了，她们离开了。没有人想要你回来。”

“最后一句话让人很难相信，毕竟我现在正站在这里，不是吗？当然是有人需要我回来。”瓦利为大声地笑了起来。然后，他喘了口气，揉了揉腿。乔尼这才看到他的腿上有一条划痕，并且还流着血。

“那个小坏蛋用他的弓箭瞄准我，我不得不教他认清一些现实。我可不会被这种没有未来的小家伙威胁到。当你们把各种幼稚的‘垃圾’带到这个星球上时，你们就要做好准备。因为这个星球原本是为我所选择的最优秀和最聪明的人准备的。”瓦利为说道。

“你指的一定是那些愿意花钱从你那里买宇宙飞船座位的人。”乔尼说。

“这是一回事，财富和天赋通常是一起拥有的。”瓦利为无耻地说。

各种信息如流星般在乔尼的脑海中滑过。绝对不可以让瓦利为回到村子里。金牛显然是用毒箭伤害到他了。他会死吗？箭上还带毒吗？乔尼想，即使自己成功逃跑，也无法阻止丽萨和其他人来山洞寻找瓦利为，如果他们还活着的话。

“你被唤醒，是因为它们想要审判你。”乔尼说道，装作确有其事的样子。

“它们？”瓦利为有点儿疑惑。

“低语者。”乔尼努力让自己的声音颤抖得没那么厉害。

“它们为什么要审判我？”瓦利为问。

“因为你犯下的罪。”乔尼说。

“啊哈，那给我的惩罚是什么，不能吃糖？”瓦利为满不在乎地问道。

“永远沉眠——死亡。”乔尼冷静地说道，他尽可能让自己镇定下来。

瓦利为的身体颤抖了一下，他再次揉了揉腿。这样的威胁可能对别人不奏效，但是对武器制造商、死亡制造商瓦利为来说，则不一样。他的世界充满了死亡和其他各种威胁，他比其他人更惧怕失去。因此，乔尼抛出的诱饵似乎奏效了，瓦利为吞下了诱饵。

“哈哈，我试图让所有人都获得利益，但竟然会得到这种结果。所以，你是被派来处决我的吗？”瓦利为问。

“我是来提醒你的。它们已经在前往这里的路上了，你必须赶快逃走，走得越远越好。”乔尼说。

“你到底为什么要帮我？”瓦利为问乔尼。

“因为……我不接受任何暴力。要知道，暴力不能解决问题。”乔尼说。

“唔，你倒是没说错。就像躺在地上的那个白痴……”瓦利为又揉了揉腿，然后毫无征兆地掐住了乔尼的喉咙。他的动作是如此之快，以至于乔尼根本来不及做出一丁点儿反

抗，就感受到了恐怖的重压，那是死亡的窒息感。

“谢谢你的提醒，但我并不相信你。这绝对是个陷阱。我必须提防着你们、超级蚱蜢，或者其他人。我会离开，但我会回来的。不过，在那之前，我要和你算笔账。你们把我放进休眠舱里的时候，我发誓，只要我醒过来，就一定要把你抓到手心里。病毒没有做到的事，我要替它完成。感谢你，让这一切变得如此简单。”瓦利为说。

瓦利为的呼吸里充满了愤怒。他把乔尼的脸拽到自己眼前，边收紧攥住乔尼喉咙的手，边说：“我要看着你这条可怜虫的生命之火彻底熄灭。”

乔尼的双眼逐渐失焦，他几乎感觉不到任何疼痛，他的知觉已经麻木了。他双腿发软，全身的力量似乎都消失了。他似乎看见自己的眼前出现了一座坟墓，以及瓦利为赤红的双眼，然后眼前一黑。就在这千钧一发的时刻，他被摔到了地上，重新喘过气来。

乔尼恢复意识时，感到脸上有什么东西在摩擦着，有点儿像砂纸，又或者是类似的某样东西。他本以为是瓦利为，因为那个家伙呼吸时喷出的热气具有无法抑制的野性。乔尼睁开双眼的那一瞬间，简直不敢相信，也无法理解他所看到的景象。他盯着面前那双湖蓝色眼睛出神，过了好久才喃喃地说："希望。"

第三十一章

“那个男人一瘸一拐地往那个方向跑了。”X边说边指了一个与村子相反的方向。沿着那个方向，乔尼看到，地上到处都是水滴状的血迹，以及一连串沾了血的脚印。

“不是村子的方向？”乔尼再次确认道。

“不是，正好相反。”X答道。

乔尼若有所思地点了点头。他凝视着地平线，但眼中除了起伏的高原和飘浮在空中的灰尘，其他什么也没有。他的喉咙很痛，不过，他还是从瓦利为的攻击中幸存了下来，没有受伤。

“希望整晚都焦躁不安。它一直喘着粗气，还叫个不停。我以为它是身体不舒服，但也许它闻到了什么，比如说你的气味。”X 说道。

“或者是听见了我的声音。”乔尼边说边摸了摸希望的那双长长的耳朵，它们像含羞草的叶子一样羞答答地耷拉在脑袋后面。从在山洞里找到乔尼的那一刻起，希望就没有把视线从乔尼的身上移开过。

“瓦利为被希望吓坏了。他肯定以为希望会完成他想要做的事情：杀死我。所以他自己为了活命逃跑了，把我留给了希望。”乔尼猜测道。

“早上，我把希望松开的时候，它像走火入魔一样冲了

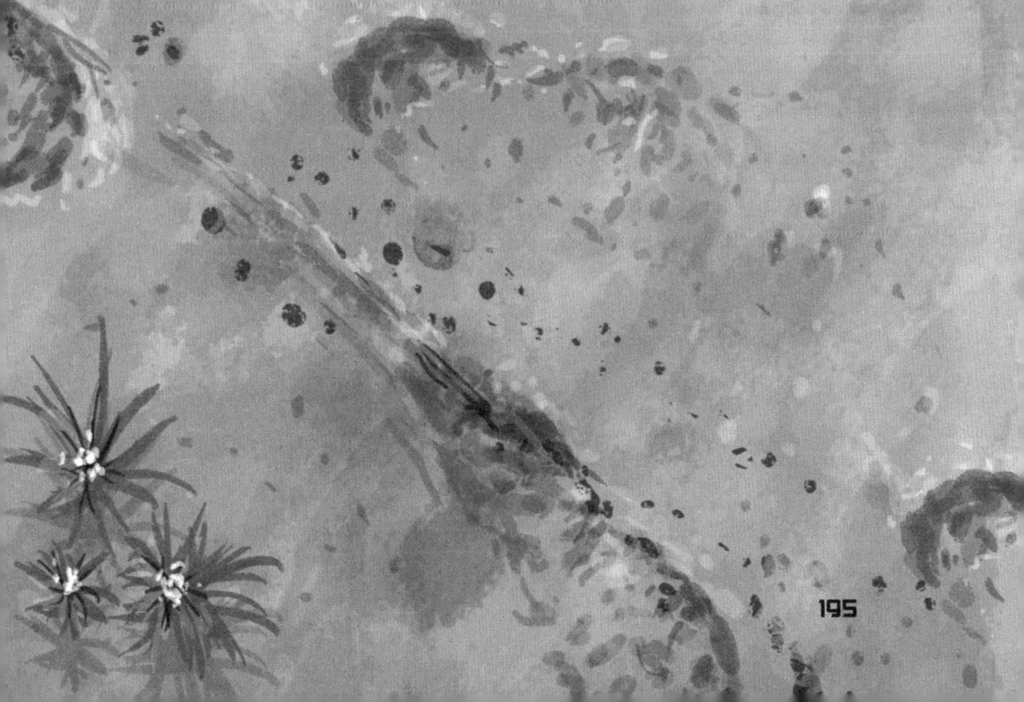

出去，我和火焰兽费了好大力气跟在后头，差一点儿就跟丢了。如果希望能掐断那个混蛋的喉咙，我会很高兴的，但遗憾的是，相比于那个男人，希望对你更感兴趣。”X 说。

“我不知道瓦利为是不是逃得很远。金牛和他打起来了，并且用毒箭射伤了他。如果瓦利为中毒了的话，他可能会倒在某个地方。”乔尼推测道。

“那可太棒了。”X 说。

“要是他没死呢？”乔尼问。

“他朝着与村子相反的方向走了。”X 重复道。

“我确实告诉过他，玛丽和奥利维亚不和我们在一起了。也许，他去找她们了。总之，至少他不敢一个人回来。我骗他说，低语者要审判他，他害怕了。正如我们所见，他是个胆小鬼。”乔尼说道。

这时，他们终于记起了躺在休眠舱后面的金牛。X 走过去，弯下腰，伸手摸了摸他的颈动脉，然后起身，摇了摇头。

“虽然他并不是一个好人，但我仍不希望他有这样的命运。我不清楚瓦利为为什么要这样做，或许是因为金牛用弓箭瞄准他的时候，他吓了一跳。”乔尼平静地说。

他们本来打算在附近找个地方把金牛埋起来的，但是地太硬了，他们又没有挖坑的工具。于是，他们把金牛抬起来放进空着的休眠舱里，关上盖子，点燃在山洞里找到的熏香球，并把它放在玻璃盖上。

“现在，这里看起来是一个像样的墓地了。”乔尼说道。

“他的同伴们肯定会来这里找他。”X 出人意料地用小心翼翼的语气说道。

“希望他们不会认为是我杀了他。”乔尼说。

X 看向乔尼，翘起了嘴角，说：“如果他们真这么想的话，那就说明他们比我想象得还要愚蠢。你甚至连一条蚯蚓都不敢杀，即使它病了、老了或者残疾了，你都不敢夺走它的生命。”

“蚯蚓怎么会残疾呢？”乔尼好奇地问道。

插曲过后，他们变得严肃起来，面向着休眠舱，一动不动地站着。

“愿低语者保佑你。”乔尼最后说道。

他们摸了摸休眠舱的玻璃盖，然后转身走了出去。希望和火焰兽躺在阳光下，伸展着四肢。看到乔尼和 X 出来，它们马上从地上爬起来，跑到他俩的身旁。他们准备回到 X 的藏身之处。一路上，希望一直紧贴着乔尼。乔尼疲倦的身体摇摇欲坠，X 见状，一言不发地抓住他的胳膊，一路搀扶着他。

第三十二章

乔尼睡了整整一天，他没有做梦，也没有听见任何声音，甚至连姿势都没有换过。这就是为什么他醒来看到外面

的景象时，是如此震惊。冬天来了，开普勒 62e 星球再一次给大家带来“惊喜”。

X 站在洞口，身旁蹲着希望和火焰兽。她把用来掩护他们的灌木推到了一边，所以前方一览无余，视野直通山谷。原本郁郁葱葱的山谷就像盖上了一层柔软的毛毯。开普勒

62e 星球上的雪与地球上的雪不一样，并不是纯白色的，而是夹杂着红色和蓝色。斯温特莱纳曾经解释过，说这是由大气中的微金属颗粒导致的。到此为止，乔尼再没有耐心回忆下去了，他爬了起来，走到 X 身边。

“我昨天好像闻到空气中有些特别的气息。”X 说。

“你什么都没有闻到。”乔尼一脸不以为然地说道。

“是啊，我没有。”X 笑着说道，“这个疯狂的星球上的天气显然是无法预测的。”

乔尼隐约记得斯温特莱纳提过 50 天周期的规律。也许，距离上一个冬天已经过去 50 天了。当然，还有种菜。这个想法击中了乔尼的脑袋，他突然感到自己的喉咙痛得发干。村子里的人们是否来得及在冬天来临之前收割好地里的作物呢？如果那天大多数人在吃完有毒的强盗兔肉后生病了的话，收割作物似乎变得不太可能。那样一来，他们就要陷入缺少食物的困境，毕竟储备食物在日益减少。他们还剩下最后一次种植粮食的机会，如果最后一次也失败的话，那么……乔尼也不知道之后还有什么其他办法。他感到体内有一种不可抗拒的冲动，他想要回到村子里亲自检查情况。然而，他又觉得这种想法非常奇怪。他本应该为自己如今的状况感到高兴。X 的藏身之处储备有充足的肉干和水，足够她和乔尼食用数周之久。因此，他们目前没有任何生存危机。但是，其他人可能会有。乔尼为自己无法帮助他人感到难过。

“发生在金牛身上的事情，一直在我的脑海里挥之不去。”乔尼小声说道。

“我并不认识他。唔，或者说我们并不是朋友。但他也不应该那样死去。”乔尼接着说道。

X瞥了乔尼一眼，没有搭话。

“如果他没有把那副愚蠢的弓箭一直带在身边，也许这一切都不会发生。这难道不奇怪吗？本应该保护他的安全的武器最终导致了他的死亡。瓦利为被他的武器惊到了，决定发起攻击，最后杀掉了他。”乔尼一边思考一边说道。

“你之前说过，那个男人是武器制造商，对吗？”X问。

“没错，他还是玛丽和奥利维亚的爸爸。”乔尼说。

“生活在枪林弹雨中的人反而最害怕武器。他们认为必须在别人用武器攻击他们之前，先出手杀掉这个人。”X说道。

“这太可悲了。最可悲的是，我们亲手把武器带到了这个本没有任何武器的星球上。”乔尼说道。

“即使我们没有带过来，也会有人发明它们。”说完，X哼了一声。

“是啊。”乔尼说。

X 抬起手半遮住眼睛，眺望远处的山谷。地平线上升起一层薄薄的烟雾，它可能是普通的雾气，也有可能是村子那边飘过来的炊烟。乔尼看向 X，发现她的衣袖滑落到了胳膊肘，露出了手腕上的文身。趁 X 还没反应过来，他一把抓过她的手腕，并拽到自己眼前。一开始，X 看起来非常惊讶，之后似乎变得格外生气，好像要伸手打乔尼一样，但最后，她什么都没有做，身体也随之放松了下来。

X 的手腕上文着一个奇怪的图案。对于图案的意思，乔尼完全摸不着头脑。他甚至不知道那是字母还是其他的什么。乔尼看着 X 拉下袖子，然后与她一同看着眼前的风景，仿佛什么都没有发生过。过了许久，X 开口说道：“我们在营地里长大，像火鸡那样被关着喂养，一直到 13 岁为止。我们都是流浪儿童，有的是离家出走的，也有的像我一样，父母很早之前就去世了。穿着灰衣服的男人来把我们接走了，因为联邦是我们的朋友。还有那条轨道，你一定记得。”

乔尼点点头，即使 X 根本不在意他的回答。

“营地里的人总会为满 13 岁的孩子举办庆典，这是整个营地中唯一有意义的活动。所有的日子都叫‘星期二’，但当有人满 13 岁时，那天就是节日。在那一天过后，那个人

就消失了，再也没有人听到过他的任何消息。”X 说道。

“你觉得发生了什么？”乔尼问。

“他可能找到了一份工作，后来渐渐拥有了自己的轿车，组建了家庭，买了房子，然后永远幸福地生活下去。”X 答道。

“真的吗？”乔尼瞪大了眼睛。

X 用看傻瓜的眼神看着他。

“我不习惯你讲笑话。再说，你的幽默感真的很奇怪。”乔尼尴尬地嘟囔道。

“我迫不及待想要搞清楚事情的真相。我唯一的朋友是看守营地的狗。它叫女王，是斗牛犬和狼杂交所生，非常可怕。不过，我和野兽一向相处得很好，我和女王也一样。就在 13 岁生日的前一个晚上，我逃跑了，是女王帮助了我。它袭击了守卫，死死地咬住他们，但是它自己也受了很严重的伤。最后，它因伤痛而死，我把它埋在营地外面的树林里。直到现在，我还是什么都没有搞清楚。关于营地、关于我自己，我还是一无所知。留给我的唯一的东西就是这个。”

说完，X 把袖子略微向上扯了一下，露出一个看起来像字母“X”的图案。

“从那以后，我就一直在逃亡。”X 补充说道。

“那你是如何……如何坐上飞往这里的宇宙飞船的呢？”乔尼问。

“过程并不美好。”X 说。

这时，乔尼转头看向 X，她的双眼闪烁着奇异的光芒，就像……但也许这只是阳光的反射。

“我从一个女孩那里把位置偷了过来。我迷晕了她，抢走了她的衣服。我在正确的时间出现在那里，或者说那个女孩在错误的时间出现在同一个地方。我也不知道自己做的是对是错。”X 用双臂紧紧地环住膝盖，并把脸深深地埋进膝盖之间。

“这是我的第一个家。”X 说道。乔尼不知道她指的是这个洞穴，还是眼前这个开阔的星球。也许，两者都有。

“有的时候你认为你做对了，但这件事本身是不正确的；有的时候你认为你做错了，但这件事本身是正确的。”乔尼说道，“很奇怪，对吧？”

“我只想要逃离，并没有考虑过后果。”X 说道，她依旧很难过。

“我也不知道我所做的一切是对的还是错的。或许你只需要跟随你的心去做事，它怎么说你就怎么做。不过，我很高兴你登上了飞船，现在在这里。”乔尼说。

他们在洞口那里坐了很久，一直到无法忍受外面的寒冷，才回到洞穴里面。X 点燃篝火取暖，缭绕的烟雾弥漫在洞穴中。

“你想让我给你起个好听的名字吗？”乔尼问道。

“我觉得现在这个就很好。”X 回答道。

第三十三章

这一次，开普勒 62e 星球上的冬季持续了六天。乔尼和 X 窝在洞穴里吃烤强盗兔肉，和希望、火焰兽一起玩耍，有时还聊聊天，尽管他们俩都不是健谈的人。在这六天里，乔尼的脑海中有一个想法逐渐成熟，不过他还没有告诉 X。第六天的晚上，下起了雷雨，他们俩这辈子都没见过如此绚烂的“灯光秀”。闪电如火花般明亮，照亮了整个世界。瓢泼大雨如鞭子一样，狠狠地抽打着大地，他们甚至害怕山脉会被它击碎。

第七天的早晨，雨和雷都消失了，到处都湿漉漉的。白茫茫的浓重雾气像幽灵船一样在山谷内飘荡。他们一大早就出发了。就在他们踏上通往停放着休眠舱的那个山洞的小路不久，火焰兽和希望突然躁动起来。它们不停地甩着脑袋，喉咙嗞嗞作响，大耳朵也不安地动来动去。

乔尼和 X 停下得正是时候，因为小路转角的前方正好出现了一支队伍：丽萨、瑞秋、两个体格强壮的男孩和斯温特莱纳，他们正走在前往那个山洞的路上。乔尼松了一口气，至少一部分人活了下来，最重要的是斯温特莱纳还在。他试图推断斯温特莱纳是自愿和他们在一起的还是被迫的，但由于浓重的雾气和较远的距离，他很难下结论。

他们在原地等待。这是最好的选择。瓦利为很有可能早已回到山洞中，这支队伍又把他从山洞中带走了。因此，乔尼和X决定停在原地。

乔尼不得不佩服希望和火焰兽乖乖待在原地的能力，它们可以趴在地上一连好几个小时一动也不动。但是，如果有最轻微的声音或者任何细小的刺激，它们的两只耳朵就会像天线接收到信号一样立刻竖起来。最令人印象深刻的是它们那湖蓝色的眼睛，似乎正凝视着转角处。不知过了多久，丽萨那支队伍的身影越来越近。当他们终于走过转角时，眼前的景象让乔尼感到一种令人窒息的悲伤。那两个男孩抬着毫无生气的金牛，缓慢地行进着。乔尼和X能够清楚地感觉到他们已经筋疲力尽了，金牛的体格要比抬着他的人大上许多。

乔尼疑惑地看向X，X皱起眉头，然后摇了摇头。可乔尼并没有就此放弃，他继续执着地盯着X看，直到X深深地

叹了口气，站了起来。

两支队伍终于碰面了。丽萨他们被突然出现的希望和火焰兽吓了一跳，他们想找个地方躲起来，但是手中沉重的“负担”妨碍了他们。有好长一会儿，双方默不作声，猜测着对方的目的。然而，死亡的存在感实在过于强烈和真实，最终迫使人们打破了沉默。

“我为他感到难过。”乔尼小声说道。

“我并不想要这样的结果。”丽萨说完摇了摇头。

丽萨和瑞秋好心地允许乔尼和 X 加入他们的队伍，火焰兽和希望则跟在队伍的后面。一路上，它们一直发出有警告意味的吼叫声，并且不停地摇头。它们没有跟得很紧，也并没有脱离队伍，而是与队伍保持着合适的距离。

这个临时的队伍一路无话地回到了村子里，村里的居民都聚集在街道两侧，看着丽萨他们把金牛的尸体抬回来。

他们把金牛放在河边。现在，村子里的水源十分充足，山上的雪水不停地汇入河流，几乎要引发洪水——河流的水位线明显升高，最近的房屋距离河岸只有几米远了。

“这是我们的事。”丽萨宣称道。

斯温特莱纳点点头，与乔尼和 X 一起后退到更远的地方。几名“瓦利为王国”的居民上前用毛毯裹住金牛的身体，然后把他放在临时搭建的木筏上。之前的暴雨把树木摧毁得七零八落，村里的人在雨后捡起掉落的木枝制成了眼前的这个简易木筏。

“以伟大的瓦利为的名义，我们要继续您伟大的事业，请为我们指明前进的道路。”丽萨高声说道。她随后瞥了一眼斯温特莱纳和乔尼的方向，仿佛被自己的话吓到了一样。

接着，他们把木筏推入湍急的河流，木筏转瞬间就在大家的视野中消失了。

第三十四章

“那次中毒，我不得不用上所有解毒剂和许多其他的药让他们恢复过来。”斯温特莱纳边说边不时地看向趴在门外的火焰兽和希望。它们不愿待在屋里，狭窄的空间会让它们烦躁。

“丽萨也承认了，他们是用带毒的诱饵杀死强盗兔的。但无论她承认与否，这件事情的真相都早已被证实了。”

“那么……”乔尼没有勇气开口，他把目光投向菜地的方向，向斯温特莱纳点头示意。

“我们再次失去了一切。看守菜地的人也中毒了，因此，强盗兔卷土重来，在菜地里举办了一场盛大的派对。紧接着，冬天来了，压倒众人的最后一根稻草也随之落下。最终，我们没有任何收获，菜地里什么也没剩下。”斯温特莱纳说。

“我明白。”乔尼说，“这真的太糟糕了，毫无疑问是一场灾难。我们现在该怎么办？”

“没人知道，”斯温特莱纳沮丧地说，“我们仿佛行走在刀刃上，明天就要种下最后一批种子了，这次必须成功，否则我们肯定熬不过下一年。此外，食物还得继续按需分配。”

“丽萨呢？”乔尼问道。

“发生在金牛身上的事让她受到了不小的惊吓，但她坚信金牛的死亡是他自己造成的。事实上，当她看见躺在休眠舱里的金牛时，她的内心受到了极大的冲击。但随后，她便指责金牛愚蠢。她反复说金牛是个蠢货，毁掉了一切，还把瓦利为逼走了。在丽萨看来，瓦利为一定有充分的理由袭击金牛，或许这也是瓦利为的‘伟大计划’的一部分。真的是这样吗？对此，你知道什么吗？”斯温特莱纳问道。

乔尼看了一眼X。X安静地坐在一旁，但乔尼知道，兜帽下她的那双眼睛没有错过一切。并且她的一只手一直握着长矛。X并没有回应乔尼的目光，只是伸手拉低了帽子。

“瓦利为杀死了金牛，但这并不是谋杀。当时，金牛一定是被突然苏醒的瓦利为吓了一跳，而瓦利为看见手里拿着弓箭、身体摆出攻击姿势的金牛时，一定也受到了惊吓……我也碰见了瓦利为。”乔尼小声地把山洞里发生的事情讲给斯温特莱纳听。她专心地听着，全程都没有插话。

“你觉得瓦利为会因为箭上的毒死掉吗？或许，现在他正一动不动地躺在某个洞里？”乔尼满怀希望地问道，但他并没有得到他想要的答案。

“我不能确定……他的个头很大，如果只是一点儿划痕的话……说不定能像这些村民一样活下来。”斯温特莱纳说。

“所以，他还活在外面的某个地方？”乔尼追问道。

“我们必须考虑这个可能性。”斯温特莱纳冷静地说道。

他们一时陷入了沉思。火焰兽在外面打了个哈欠，发出一声呜咽。X 换了个姿势，但看起来仍旧沉浸在自己的世界里。

“乔尼，”斯温特莱纳直视乔尼的双眼说，“你是英雄。”

听到此话，乔尼十分惊讶，连忙说：“我可不是，我彻底失败了。那时，瓦利为死死地掐住了我的脖子。”

“可你独自前往山洞，只是因为想要帮助大家。”

“难道我还有别的选择吗？”乔尼反问道。

“当然，你原本可以只考虑你自己。”斯温特莱纳说道。

乔尼吞了吞口水，感觉脸颊发烫。他并没有觉得自己是个英雄，他甚至不想当什么英雄。

“如果没有 X、火焰兽和希望的话，我现在就不会在这里。希望才是英雄，如果一定要评选出一个英雄的话。”乔尼说。

“一会儿再说这个。”斯温特莱纳一边点头一边说。

“丽萨呢？”乔尼犹豫地问道。

“不要把你和瓦利为碰面这件事告诉丽萨和其他人，这样他们就不会因为发生过的事情责备你。”斯温特莱纳坚决地说，“经过中毒和粮食颗粒无收这两件事后，我们达成了暂时的和解。但他们仍没有放弃他们的信仰，他们认为瓦利为是某种活着的神。我不想让他们现在就去找那个疯子，毕竟现在需要村子里所有人的力量来种地。说到这……”

斯温特莱纳转头看向X。X先是避开了她的视线，然后扬起了下巴。两个女孩对视了几秒，然后都微微点了点头。随后，斯温特莱纳专心观察着在门外晒太阳的火焰兽和希望。她盯着它们，就像在如饥似渴地阅读一本有趣的书。就在她起身想要靠得更近一些时，火焰兽突然站了起来，巨大的爪子在空中猛力划出一道弧线，以示警告。

“有趣，”斯温特莱纳藏起她的恐惧，说道，“你们见过它们捕猎吗？”

乔尼看向X。X耸了耸肩膀。

“我是用强盗兔当诱饵抓到它们的，它们似乎很喜欢强盗兔肉。”X淡淡地说道。

“好吧，那你见过它们亲自捕猎吗？”斯温特莱纳问。

“还没有，不过我猜这对它们来说并不难。”X说道。

“没错，”斯温特莱纳笑着说，“我也是这么想的。”

第三十五章

村庄里的人们再次在菜地里忙活了起来。不管是瓦利为的信徒还是普通人，都在用力地挥舞锄头，把珍贵的种子埋进地里，接着翻土覆盖起来。短暂的冬天刚刚过去，土壤依然湿润松软，天空万里无云，阳光不经一丝遮挡地直接投向大地。

乔尼认为，丽萨和她的教徒应该受到惩罚，必须对他们进行正式的审判，但斯温特莱纳有不同的意见。

“我们不能把人们分成不同的阵营，我们需要互相合作，然后找到解决问题的办法。”斯温特莱纳说。

“其他人还认为是我们把食物偷走了吗？”乔尼的声音里透露着厌恶。

“我把真相告诉了所有人，可不知道他们是否相信。就让事情顺其自然吧。被拿走的食物又回到了仓库里，这是最重要的。”斯温特莱纳说。

“顺其自然？即使我们是如此讨厌这些家伙？我很在意丽萨对阿里做的一切，她欺骗了阿里，让他相信自己的妈妈被操控了，因此做出了无法挽回的事情。其实，是丽萨让我失去了哥哥。”乔尼苦涩地说。

“你说的没错，但最终是阿里自己做出了离开的决定。听着，乔尼……”斯温特莱纳犹豫了半秒，接着说道，“我同样不喜欢对瓦利为的那种崇拜。当不存在能够解决问题的简单办法时，个人崇拜是最愚蠢的方式。但是，将所有事情都归咎于他们，似乎也不是正确的。我们无法确认丽萨的诡计对阿里的行动产生了多大的影响。很有可能，即使没有丽萨，阿里也会做出同样的选择。在我看来，瓦利为的信徒当然是大错特错的，可是我们仍需要听取他们的意见。”

“那些蠢货？听他们的？”乔尼十分疑惑。

“没错，我们要互相倾听彼此的意见。”斯温特莱纳说道。

菜地边缘的强盗兔巢穴在日光下无所遁形，有一只强盗兔坐在洞口，摆动着耳朵。如果当前面临的问题无关生与死的话，它就像自然纪录片中跑出来的世界上最可爱的精灵。

乔尼和 X 把火焰兽和希望带到菜地旁边。年幼的影狮被庞大的人群吓了一跳，它们仿佛感到难以置信，喉咙一直发出咝咝的声响。不过，它们并没有转身跑得无影无踪，乔尼和 X 的存在让它们逐渐平静。此外，还有一个因素让它们留在原地。火焰兽和希望蓝幽幽的目光投向不远处的强盗兔巢穴，它们的视线牢牢地盯在那只坐在洞口的强盗兔身上，仿佛困扰它们许久的谜题终于有了答案。

他们一直等到晚上，这时，人们已经把种子全部撒了下去，并且用土盖了起来。人类手中的最后一张牌终于被扔到了桌子上。大家都离开后，只有斯温特莱纳、乔尼、X，以及两只影狮留在了那里。

第一只强盗兔从洞里爬出来的时候，最后一拨离开的人还没有走远。它摇头晃脑，不停地用强壮的前爪摩擦地面，

它的同伴们则在巢穴里积极地做出回应。眼前，被强盗兔们钻成像奶酪一样多孔的小山包就是它们的老巢，它们在里面发出声响，听起来就像雷的轰鸣声。希望学着姐姐趴低身体，贴向地面，像雕像一样一动不动。见没有动静，第二只强盗兔的脑袋也冒了出来，紧接着，冒出来了第三只。随着夜幕降临，它们从一个洞口飞快地跑到另一个洞口，行动如闪电般迅速，肉眼几乎难以捕捉到它们的踪迹。

乔尼和 X 互相看了一眼，他们又一同看向火焰兽和希望。X 点了点头，把放在火焰兽脖子上的手松开。乔尼也照着做，移开了放在希望身上的手。彼此间达成无言的约定后，火焰兽和希望同时冲了出去。与生俱来的本能发挥了作用，它们的一举一动熟练得仿佛已经为了这一刻练习了无数次。它们以疯狂的速度穿过菜地，奔跑时两只耳朵向后贴在脑袋上，但强盗兔的速度却更快一些。就在火焰兽朝着强盗兔的巢穴袭来时，第一只出洞的强盗兔看见了它，并立刻向同伴发出警告。接收到信息后，其他强盗兔在眨眼间就跑回

了洞里。

“竟然会这样。”乔尼倒吸了一口冷气。

“再等等。”斯温特莱纳小声说道。

火焰兽和希望并没有停下来，也没有对强盗兔逃跑感到惊讶。它们冲向不同的洞口，然后开始用锋利的爪子向下挖掘。转瞬间，尘土飞扬，它们的四肢间很快就堆起了一座小土包。火焰兽和希望挖宽了洞穴的通道，它们细长的身体钻

入洞口，连带着身后长长的尾巴，几乎深入到洞穴的尽头。然后，几乎是在下一秒，它们就退了出来，嘴里叼着失去了呼吸的强盗兔。

“锋利的爪子用来挖洞，细长的身躯可以钻进洞里，听觉敏锐的耳朵用来定位猎物。”斯温特莱纳笑着说道，“不出我所料，进化论在这里一样行得通。”

第三十六章

“一直以来，人们的生活都需要狗的帮忙，它会让其他虎视眈眈的动物不敢轻易靠近人类，并且会帮助人类驱逐它们。”斯温特莱纳讲道，“没有狗的话，人类的历史会大不相同。”

“火焰兽和希望就是我们的‘狗’！”乔尼似乎很肯定自己的想法。

“时间会告诉我们答案，不过二者看起来确实很像。它们可以抓住那些狡猾的强盗兔，它们是活着的强盗兔杀戮机器。虽然它们没学过，但有些东西就流淌在它们的血液中。此外，它们有足够的社交能力，可以和人类和平相处，这对我们来说是一个拯救自身的天赐良机。”

乔尼看着希望和火焰兽高兴地摇晃着它们的猎物，他感到有点儿吃惊，曾经让人们苦不堪言的威胁就这么轻而易举地解决了？解决办法竟然如此简单？这是真的吗？不管怎样，乔尼很高兴这一切都是真的。

太荒唐了。有人往营地里带回三只可爱的“宠物”，一场灾难紧随而来。留在营地的人们选择了舍弃武器，这让他们在与强盗兔的斗争中落在下风。丽萨的背叛，以及她间接导致了阿里的思想混乱，都是不可原谅的事实。然而，阿里也做了可怕的事情，并且他认为自己做的是对的。瓦利为的信徒们在秘密制作和练习使用武器，他们唤醒了沉睡的瓦利为，并使整个村庄的人因为分食带毒的强盗兔肉而中毒晕倒。另外，他们还杀死了火焰兽和希望的妈妈。但令人作呕的行为，却无意间给整个人类带来新的生存希望。“祸兮福所倚，福兮祸所伏”，人们到底应该怎么做呢?

“生命很复杂，没有一个简单的方案可以应对一切难题。”斯温特莱纳思考了片刻后，回答了乔尼心里的问题，“我们只需要竭尽全力，争取好的结果。”

“我只做对我来说有好处的事情。”X 哼了一声。

让乔尼感到高兴的是，X 留在了村子里。她把临时住处搭建在乔尼家的不远处，那里有灌木丛给她挡雨，还有巨石保护她免受风沙的侵扰。

“我不能把火焰兽单独留在这里。”X 直截了当地说道。

乔尼严肃地点了点头，并告诫自己不要多嘴，以免产生任何误解。

“千万不要指望我会一直留在这里。一旦解决了强盗兔的问题，我立刻就走。”X 说。

30 天后，这场人类对强盗兔的斗争终于宣告胜利。每个晚上火焰兽和希望都在菜地里度过，除了它们，不需要任何其他的守卫。这段日子里，火焰兽和希望也逐渐长大了，吃着肥美的强盗兔肉，它们的体格逐渐向成年影狮靠拢。X 教它们捕猎，将抓回来的猎物分给村民们吃。因此，人们慢慢接受了这两只影狮生活在村子里。火焰兽和希望并没有被完全驯服，可另一方面，当别人靠近时，它们不再发出警告般的吼叫声，除非有人在它们吃东西的时候接近它们。

丽萨和其他瓦利为信徒的武器被锁在仓库里。仓库大门上挂着两把锁，一把是斯温特莱纳的，一把是乔尼的。之前被偷走的储备食物也被重新放回了仓库。与村民们协商后，他们决定继续按照以前的方式分配食物，直到地里的作物成熟。这也将是开普勒 62e 星球上成熟的第一批作物。到时，他们会留下一部分当种子，等到下一次种地的时候播撒，然后期待着再一次的丰收。此外，他们有更多的时间去了解这个星球上的野生植物，发现其中有一些可以食用。

“我不明白，为什么在丽萨和她的帮派做了那些事之后，我们还能让他们继续留在这里。”有一天，乔尼对斯温特莱纳抱怨道。这件事就像鞋子里的小石子一样，一直让他不痛快。

“我同样不接受他们的行为，但我们仍然需要他们。与和他们水火不容相比，我更愿意同他们和谐相处。我们是人，每个人都有自己的思想，所以不能强求在任何事情上都达成完美的一致。我们要学会接受彼此间的差异，或者至少更好地容忍它。愤怒只会滋生更多的愤怒。目前，我们只有一个共同的敌人：饥饿。”斯温特莱纳说道。

“还有瓦利为。”乔尼严肃地说道，“你觉得他以后会来这里吗？”

“我们只需要接受自己无法知道任何事情的答案这个现实。我们能做的最好的准备就是努力为每个人提供最好的生活。”斯温特莱纳说道，她对乔尼的问题没有做任何猜想。

第三十七章

乔尼的妈妈坐在阳光下。阳光给她的头发染上了一层金色，她似乎睡着了。乔尼悄悄地坐在妈妈旁边，小心翼翼地，以免吵醒她。

“乔尼，是你吗？”妈妈问道。

“是我。”乔尼点了点头。

“我想你了。”妈妈说。

自从阿里把芯片从妈妈的脑袋里摘下来后，她就彻底失去了意识，陷入了昏迷。她像生了重病一样安静地躺着，其他人除了等待和期盼什么也做不了。昨天，妈妈终于睁开了眼睛，并迷茫地环顾四周。乔尼立刻就注意到某些事情发生了变化。尽管妈妈还是有些迷糊和混乱，但她的存在感是真实的。乔尼尝试着从她的目光中寻找芯片造成的闪光，但他只找到了温暖和疼爱。妈妈终于回到了他的身边。

乔尼看着漂亮的妈妈，感到一股浓浓的爱意，这几乎抵消了他所有的担心和顾虑。妈妈的鬓角处有一块小小的疤痕，那是芯片曾经存在过的印记。

“你过得怎么样？”乔尼问道。

“一天比一天好。我脑袋里的迷雾已经消散了许多，不过很多事情我仍记不起来。前几年的生活似乎一直被迷雾笼罩着……这里……你之前说过，我们这是在哪儿？”妈妈问道。

“开普勒 62e 星球。”乔尼说。

“真是难以置信。”妈妈说道。

“是啊。”乔尼再次点了点头。

“不过，现在的生活对我来说很好，要是……”

“我明白。”乔尼说道，他打断了妈妈的话。

从某处传来微弱的嗡嗡声，人们把发出这种声音的小虫子叫作草虫，因为它们总是落在草的顶端。乔尼听着草虫的叫声，整个冬天，他都在酝酿一个计划，此刻终于有了决断。

“我去找他。”乔尼小声说道，“不久以后，我们会一起坐在这里的。”

第三十八章

阿里做错了。他犯下了不可原谅的错误。他差点儿害死自己的妈妈。乔尼可能永远都无法原谅他，而这件事情也会永远横亘在他俩之间。但是，事情并没有那么简单。生活中，没有什么是绝对的。有希望，就会有绝望。一切都可能在眨眼间发生变化。因此，没有什么是不可以逆转的。有结

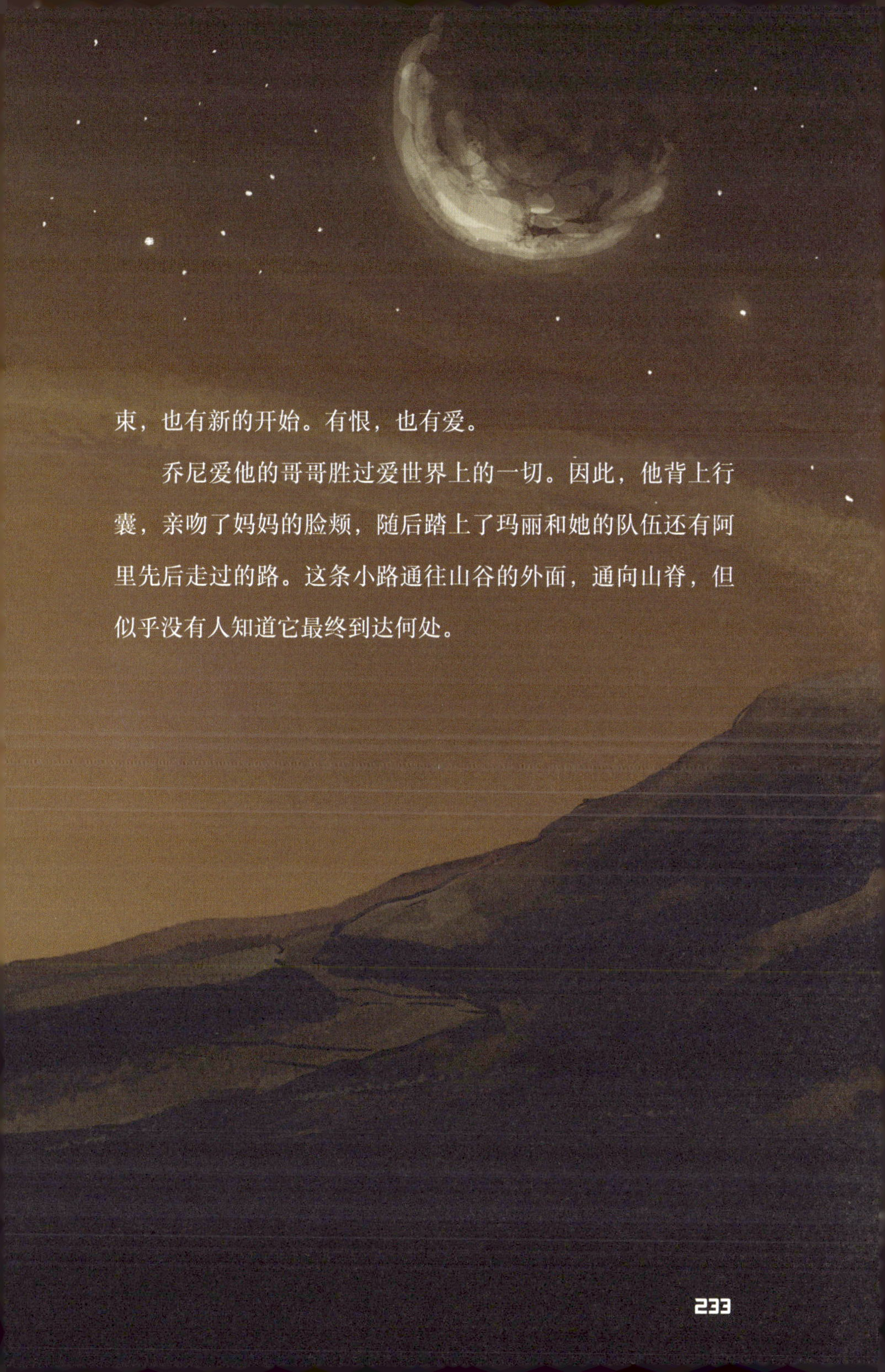

束，也有新的开始。有恨，也有爱。

乔尼爱他的哥哥胜过爱世界上的一切。因此，他背上行囊，亲吻了妈妈的脸颊，随后踏上了玛丽和她的队伍还有阿里先后走过的路。这条小路通往山谷的外面，通向山脊，但似乎没有人知道它最终到达何处。

乔尼坐在路边，低头看向脚下的村庄。几缕炊烟缓缓升起，那是村民们在炙烤希望和火焰兽猎捕回来的强盗兔肉。也许未来，在希望和火焰兽的帮助下，村民们能掌握打猎的

技术。乔尼有一种预感，希望和火焰兽的身上还藏着许多他们不了解的东西。

乔尼转过身，继续上路。

“你想一个人走？”

一个女孩的声音响起。

乔尼被这突如其来的声音吓了一跳，不过，他很快就认出了声音的主人，并迅速地平静了下来。X 倚在岩石上，身旁的希望瞪着一双湖蓝色的眼睛，带着责备的神情看向乔尼。显然，它正为乔尼准备偷偷溜走的事情感到生气和伤心。

“我要去找阿里。我们需要和解。”乔尼说。

X 点了点头，提起放在两腿间的背包，背到后背上。接着，她转过身沿着小路向前走，仿佛这是世界上最自然的事情。

“等一下。”乔尼担心地说道。

X 露出疑惑的表情，转身看向乔尼。

接着，令乔尼惊讶的是，X 抓住了他的手。两个人在希望的带领下继续前行。

开普

62号